河出文庫

チャイとミーミー

谷村志穂

河出書房新社

チャイとミーミー ＊ 目次

チャイとミーミー

第1章　人見知りの猫

三つ年下の妹が、子どもの頃に、いわゆる人見知りをする性格だった。普段はおっとりしているのに、父の職場の同僚などが家にやって来ると、何を訊かれても返事をせず、やがては母の体の後ろにくるりと回り込んでしまう。

私は、そんな妹の分まで挽回しようと、それは呆れるくらいおしゃべりだったようだ。訊かれてもいない家族の日常まで話し、ときには調子に乗ってお客さんを前に唄い始める。そのうち妹の方も気を取り直して一緒に唄い始めてくれるに違いない、いつも家族だけでいるときのように、しゃべり始めるに違いないと期待を抱くが、そんな望みは儚(はかな)くしぼんでいった。妹の方は、調子のいい姉の姿を横目に、ますます心を閉ざしていったようだ。

「おなか、空いちゃった」

それでいて、お客さんたちが帰っていけば、何事もなかったかのようにけろっと出てきて、母に甘え始める。人見知りと過ごす日常とはなかなかにして厄介であると、私は幼くして痛感していた。その人見知りが、今では小学校で大勢の子どもたちを前に教鞭を執っているのだから、人生はつくづくわからないものなのであるが。

「この猫はひどい人見知りで、たぶん人間には馴れませんよ」

きじ虎柄の雌猫、チャイと出会ったとき、私は久しぶりにその言葉を耳にした。日記をつける習慣がなく正確な日付がわからないのだが、たぶん一九九四年の秋から冬にかけての一日、私は人生ではじめて同居する猫となるチャイと出会っている。

当時住んでいた世田谷のマンションから、車で杉並のお宅まで猫を見せてもらいに出かけたときに聞かされたひと言は、にわかに幼い日の記憶を私に運んできた。

その頃私は新築のマンションの一階に、一人暮らしをしていた。マンションのベランダには黒土が厚く敷かれ、シラカシの木が一本植えられていた。シラカシの葉はよく茂り、時期が来ると順繰りに葉を落とした。

戸建て住宅の縁側、とまではいかなくても、窓から外を眺める心地よさや、土の気配がそばにある安堵感を求めて移り住んだマンションだったが、私はすぐに持て余し始めたのだろう。

落ち葉は掃除もせずに放ったらかしで、やがてはカーテンを開けるのも面倒になった。窓の外を通る人の姿が煩わしいと感じ、同時に誰も通らない夜はひっそりとしすぎて落ち着きを失った。

その頃、特別な思いを寄せていた人が、窓の向こう側からやって来るのを待ち、やがて帰っていくのを眺めている。そんな繰り返しにも、ときめきよりは空しさの方が募るようになっていた。

深夜に一人で借りてきたビデオで映画を観ていた。ソファに転がって、なんてことはないハリウッド映画をはじめは面白がって観ていたはずが、やがて急に、息苦しくなった。

ビデオを止めて、カーテンを開けて窓の外を眺めた。ひんやりした風を感じ、頭が冷やされていくのを覚えたが、それでも抑えきれないほどの、戸惑うような願望が湧き上がるのを覚えた。そして、部屋の中をうろうろし始めた。私と寄り添うように生きてくれる相手がどこかにいないものだろうか。温かくて柔らかくて、物静かな相手はいないものだろうか。

今日も、これから長い夜が始まる。今日も明日もこの先のいつの日にも、夜は来る。

いつも一人きりで夜は始まる。

眠らないまま朝を迎え、友人に電話をした。

「私、突然なんだけど、猫を飼ってみようかと思うの」

そういえば、その友人も当時はどちらかといえば人見知りをするタイプだった。時々一緒に旅行に出かけても、知らない土地の人とすぐに適当なことを話し始める私をじっと横目で眺めている。

「それはまあ、突然ですね」

友人は、驚きを隠さずにそう言った。

志穂さん、猫好きでしたっけ？

友人は本当はたぶん、そう言いたかったのだろうと思うのだが、口にはしないでくれた。

確かに私は、それまで猫を好きだと思ったことが一度もなかった。愛想がなくどこか陰気に見えるわりに、必要なときだけずる賢い顔で媚びてくる生き物。嫌な思い出はあっても愛らしいと感じる機会がなかった。友人は、そんな私の好みをもちろん知っていた。

代わりに、これだけはという風に伝えてくれたことがあった。

「できるのなら、ペットショップへなど行かずに、動物病院などにもらい手のない可哀想な猫がたくさんいますから、それをもらってあげて下さい」

私は、言われるままに、さっそく黒いコートを着込んで、動物病院まで歩いていったのだ。何かに取り憑かれたように、黙々と坂道を上っていった。

飼い主を探している猫がすぐそこに待ってくれているような気がして、胸騒ぎがしたが、本当の猫との出会いはまだ少し先になる。

獣医さんのご紹介で、いろいろな方と連絡を取り合う日々が始まった。

〈里親募集〉の紙に印刷された写真に胸をときめかせ電話をしてみると、すでに飼い主が決まったことを知らされて落胆したり、猫なら写真以外にもたくさんいるが渡す際には必ず去勢をするのがお約束ですとおっしゃる保護団体の方があったり。すぐに自転車で連れていきますといって会いに来てくれたご婦人の後ろには、目に涙をいっぱい溜めた小学生くらいの女の子がぴったりと寄り添っていた。自転車の籠に入っていた猫は、毛並みが美しく澄んだブルーの目をしたシャムだった。

「少し考えて、明日こちらからご連絡しますね」

私が返事をする約束で解散したはずが、翌朝早くには先方から留守番電話へ丁寧なメッセージが入っていた。

「すみません、家族で話し合ったのですが、皆、別れがたくなってしまっていることに気づきました。結局うちで飼おうと思います」

ペットショップへ行っていたら、ずいぶん違う始まりだったはずだが、一つ一つが出会っていく行程のようで、忘れがたい。

そうして幾つかの見合いのようなことを経て、最後に訪ねたお宅にチャイがいたのだ。


杉並のアパートメントの一階、ドイツ人のご主人と日本人の奥さんが、アジアのバティックを印象的に、部屋のあちらこちらに飾って暮らしておられた。

アパートの一階ということで、野良猫がたくさん集まってしまい少々困っている風だと獣医さんには聞かされていた。けれど、想像とは違い、猫たちはいたって自然な感じでその部屋の暮らしを満喫しているように見えた。寛容なご夫婦に見守られ、部屋のいたるところにオブジェのように猫たちがいる暮らしをはじめて目の当たりにしたときに、猫という生き物の本来の気ままさを知り、素直に驚いていた。その分、心の中を風が吹き抜けたようでもあった。

「今はもう子猫はいないんですよ。一番小さいのが、あのテレビの上にいる猫ね。この猫はひどい人見知りで……」

　そこで、件（くだん）の言葉が投げかけられたわけだ。

　指差された先にいた猫は、すでに体長が二十センチくらいはあったろうか。きじ虎柄で、片方の目が汚れて塞がれたようになっており、鼻は不思議なスーピーという風を切るような音を立てていた。片方だけ黒々とした目でこちらを敬遠するように見ていた。

「チャイは、あのおじいさん猫が好きでいつも一緒なのね。人間には馴れないと思いますよ」

　チャイと呼ばれたそのきじ虎柄の猫は、灰色の長い毛に覆われた見るからに老いた猫の横で、ぴったりと体を寄り添わせていた。二匹は合奏するように、どちらも鼻をスーピーと鳴らしていた。チャイは彼に体をくっつけて、長い毛の中に体を半分埋めているかのように見えた。命を響かせ合っているようなその姿が印象的だった。

　私は、その猫をもらうことにした。

　チャイには言えないが、そのときチャイでなくてはいけないと思ったわけではなかったような気がしている。むしろ、チャイではだめなような気もしていた。

　突然猫と暮らしたくなった私の中にあった幻想は、白くてふわふわした、無垢な子猫との暮らしだった。だが、チャイにはすでに十分な環境があり、「ひどい人見知り」という性格まで刻まれていた。好きな老猫の温もりさえも知っている猫だった。いざ捕まえようとすると、部屋の中を、声もあげずに駆け回った。他の猫は、我関せずという具合に、騒ぎもしない。

チャイを、美しい猫だと感じたのは、皮肉だがそのときが最初だったろうか。しなやかな体の動きに先まで伸びた尾が連動して動き、野生動物の姿を想起させた。必死に逃げていた。チャイは、何としてでも逃げ切る気だったに違いない。彼女がようやく得た安住の地から見知らぬ人間にさらわれるのが、嫌だったのだ。嫌で嫌で仕方がなかったのだ。

私の腕に手渡されるはずの想像の中の子猫との出会いとは対照的に、チャイは詰め込まれた段ボールの中で、箱が変形するほど暴れ回った。私は、そのときのことを当時のエッセイにこう書いてある。

〈私は緊張した気持ちで、まるで棺でも抱えるように、猫を段ボールに収め、胸に抱えて帰宅した〉

棺とまで感じるほど、チャイはその箱の中で、生き物としての恐怖の感覚だけを伝えてきた。チャイの気持ちになれば、やはりあのときの私は、猫さらいでしかなかった。杉並から世田谷まで車を運転して帰り着き、これが望みだったろうかと自分に問いながら、段ボールを部屋の中でそっと開けた。

チャイは静かに箱から出ると、周囲を見渡し、長い尾を震わせて警戒心を表し、すぐにどこかへ消えてしまった。

隠れると決めた動物の底力なら、以前にも知っていた。

大学生のとき、ボーイフレンドの家に預けたハムスターは、ケージから逃げたきり一ヶ月姿を現さなかった。もうどこかで乾涸（ひから）びて死んでしまったのに違いないと悲嘆に暮れていると、廊下に置いてあったメロンの箱から果汁が滲み出してきた。メロンを持ち上げてみたら、底が丸く齧り取られた跡があった。結局ハムスターはひと月後に、壁際に置かれてあったアップライトピアノのペダルの裏側という信じられない小さなスペースで生き延びていたのがわかった。夜になると部屋を徘徊し、メロンにありついていたわけだ。

チャイも丸五日間、微塵も姿を見せなかった。たいして広くもない、三部屋きりの住まいの一体どこに、姿を隠していたのだろう。はじめの数日は、餌にも口はつけられていなかった。

三日目より、私がどこかへ出かけている間に、バスルームの前に置いたウェットフードが少し減っているのだけは確認できた。トイレのための砂も濡れており、部屋の中には、猫の脚が残したと思われる白い砂粒がぱらぱらと散らばっていた。夜は照明を落とせば暗がりで猫の目が光るのではないかと息を潜めて探したが、それでも見つけることができず、姿の見えない生き物との暮らしには、緊張が募った。

五日目の朝に、私はついに胸が苦しくなってきた。こんなはずではなかったのだし、こんなことを望んでいたわけではなかったという勝手な思いに包まれた。

「やっぱりチャイを返してこようと思うんです」

と、友人に電話した。チャイという名前は、杉並のご夫婦がつけていた好ましい名前だった。

「ちいチャイし、チャイろだから」

ドイツ人のご主人によると確かそれが呼び名の由来だった。私には、幾度か登山を助けてもらったシェルパ族の人たちが淹(い)れてくれる、おいしいミルクティを思い出すいい名前に思えた。

猫が到着した日には、友人に、生後三ヶ月ほどの雌猫を引き取ったこと、名前はチャイとつけられてあり、そのまま呼ぶつもりだと伝えてあった。その際、猫を飼うために必要な砂についてなども教わっていた。

けれど、わずか五日でそう泣きついたのだから、彼女は二の句が継げぬという風に沈黙し、ようやくひと言こう言った。

「……だったら私がチャイを引き取ります」

これまで聞いたこともない毅然とした口調に、友人のただならぬ気配、そして失望を感じ取った。

北海道で生まれ育った私は、子どもの頃から昆虫やクモが好きで、母に渡した最初のプレゼントは、空き缶いっぱいに詰めたカタツムリだった。さなぎが羽化する瞬間をじっと見ていたり、クモの足をばらばらにしたり、生き物との戯れ方も幾つになっても幼児のようだった。

やがてセキセイインコを飼うと、どんどん卵を産んで、三十羽以上にまで増えたことがあった。この鳥たちを、はす向かいの家の二匹の飼い猫が、ある日我が家に忍び込んで襲った。

母は、一番可愛がっていた末っ子のインコが、すぐ近くに高く伸びていたポプラの樹に留っていたのを、その夜見つけだしたが、三十羽いた鳥は、悪戯猫らのたった一度の襲撃で、たったの二羽きりになってしまった。

大学へ入ると、私は応用動物学という講座で野生動物の生態学を専攻した。研究室には寝泊まりするための米軍から払い下げられた簡易ベッドがあり、冷蔵庫にはつねに何らかの動物の死体と自分たちが料理するための食料が当たり前のように一緒に冷やされていた。

野山で傷ついた動物を拾ってきてしまう人たちが跡を絶たず、私が在籍中には、羽を怪我したトビや、片足を引きずりながら歩くエゾリスが、みんなのマスコットだった。

生き物が好きだったはずなのに、猫だけは恨んでいた。だから猫について、何も知らなかった。それなのに、チャイをさらってきてしまった。どんなに失望されても、閉口されてもよいから、返しにいった方がチャイのためだと思ったのだが。

友人と話した翌朝だった。カーテンを開け放ったまま、私は眠ってしまったようだ。朝日の入り込んだリビングルームの壁際に置いたソファの上に、チャイが耳を立てて座っていた。幻のように姿を見せ、またすごすごとどこかへ消えてしまった。

そして、ついにその日がやって来る。チャイがおじいさん猫のもとから私にさらわれるようにやって来て、七日目の夜だった。

私はいつものように寝室へと入り、ベッドサイドの灯りをつけ、本を開いた。しっかベッドが小さく軋む軽い振動があり、その方向にチャイの目が光っていた。しっかりした足取りで私のそばまでやって来て、両方の前脚を折って、体を丸くした。

私がおそるおそる手を伸ばし前脚を握り、肉球の感触まで確かめても、逃げずに許してくれた。毛に覆われた骨ばった前脚に力みはなく、柔らかい。

夢を見ているようだった。

第2章　うちの猫になる

チャイはいつどこで、どんな風に生まれてきたのだろう。どんな野良猫にも、お母さんはいる。猫はたいていが四匹か五匹で生まれてくるようだから、一緒に生まれてきた兄弟姉妹だっていたはずだ。けれど、杉並のお宅に入り込んだ頃のチャイは、きっとなんらかの理由で一匹だけになり、なんとか生き延びていたのだった。

受け入れてもらえる温かな場所を見つけ、餌までもらい、テレビの上のおじいさん猫の隣という好ましい席まで確保して、ようやっと平穏な時間を送ろうとしていた矢先だったのだろう。

段ボールに詰められ、さらわれるように私一人の住まいに連れてこられた。世田谷にあるあまり日当りのよくない２ＬＤＫのマンションの一階の部屋で、飼い主は一人暮らし。気ままを装いながら、都会の孤独に押しつぶされそうになっていた。

チャイはおじいさん猫の隣という安らぎの席を見つけていたが、実は幼いチャイの温もりに頼ろうとしていたのは、私の方だったのである。

だとしたらすぐに熱い抱擁が待っていたかと言えば、前の章に書いた通り、なかなかその体に触れさせてもくれない。

チャイもかなり用心深かったが、私だってはじめての猫を前に間抜けなほど緊張していた。夜に光る目は、ぎらぎらとして、寝しなにベッドでごろごろと喉が鳴る意味がわからず、今にも噛みつかれそうな気がした。時折部屋の隅で立ち止まっては、細い顎の辺りを右へ左へと擦りつける行動も謎めいていた。

それに、杉並のお宅を紹介してくれた髭の獣医さんのところへ連れていくと、幾つかの診断が下された。

猫ノミ、耳ダニ、目やにという、いわゆる野良猫のフルコースと呼ばれるすべての症状を持っていると言われた。点耳点眼薬や、ノミ、ダニを駆除するために首筋の後ろに垂らすスポットオン液、目やにや鼻炎を抑えるための経口薬も処方され、予防接種も施された。

両手にいっぱいの薬と一緒に帰宅した私は、自分自身の世話もまともにできていないのに、こんなにいろいろなことがしてやれるものかと、訝っていた。

その前に、トイレや砂を買い、缶に入った餌を買い、いつまでも猫さらいというわけにはいかないので、運んできた段ボールは処分して、東急ハンズでキャリーバッグなるものを買った。一人暮らしをしていた私の部屋は、あっという間に猫のもので占領されるようになった。

夜になるとチャイの目は一層輝き、突然興奮し始める。カーテンを一気に駆け上がり、カーテンボックスの上を平然と歩いたり、部屋の中のあらゆる高い場所へと飛び上がっていくようになり、それが猫の平常な状態なのかどうかも疑わしく思えた。

子どもの頃に、鳥たちを襲われた記憶や、親類の家で簞笥の上から母に飛びかかってきた猫の姿、隣の席の女の子がいつも腕に飼い猫に引っ掻かれたという無数の傷をつけていた姿などを思い出した。

その上、ノミやダニをつけているなんて！　猫との暮らしとは、まったく容易ではない。ノミは卵がカーペットに飛び散ればいつまでも繁殖するというし、耳ダニは、猫の体内でも繁殖する。

私は躍起になって、コロコロテープを幾枚も使ってカーペットを掃除するようになった。

それでも、一度ベッドに飛び乗ってきた後のチャイは、私と一緒に眠ると決めたようだった。

　パジャマに着替えて顔を洗い歯磨きをして、新聞や本を抱えてベッドに入る。私の就寝時間は不規則なのに、どこからともなくチャイが現れて、暗い部屋で目を輝かせ始める。

　新聞はたいていの場合、届いたばかりの朝刊だ。つまり、その頃の私はいつも空が白み始めた頃に、カラスの鳴き声と配達される朝刊の音を耳にして、仕事をやめた。朝刊の配達を合図に、眠る癖がついていたのだ。

　チャイはすぐにその生活ペースをつかみ、ベッドに飛び乗ってきた。

　ある日私がいつものように仰向けになったまま新聞のページをめくっていると、いきなりチャイが新聞紙めがけて飛び込んできた。新聞紙にからまるようにして遊び始め、やがて届いたばかりの新聞はびりびりに引き裂かれていた。

　眠ろうとしていたはずの私の神経は冴えてしまった。

　一体何が起きたのだかわからないまま、もう一度新聞紙を広げてみると、後ろ脚を蹴って弾みをつけたチャイは、両前脚を頭の横で伸ばして飛び込んできた。

　この頃のチャイの身体能力には、目を見張るものがあった。釣り竿の先に布でできた鳥のついた玩具を買ってやり、それを振り回してみせると、バンザイしたような姿でどの高さまでもジャンプして飛びついてきた。

遊んだ後には喉を鳴らして唸り、ますますその緑の目を輝かせた。

一ヶ所でジャンプしていても着地した体を持て余しているように見えたので、竿の先をぐるぐる回してやると、チャイは気が狂わんばかりにジャンプと回転を繰り返し、飛んでいる姿はまるでモモンガのようだった。

これは楽しい遊びだと思う日もあれば、なんと不思議な生き物なのだろうと感じることもあったのは、すべてが私の想像と違っていたからだ。

とにかく、一日の最後には一緒に眠る相手なのだから、なんとしてでもノミやダニとはお別れしてもらわねばならない。目やにと鼻炎だけはなくならないかもしれません、と髭の先生には言われていたが、私は諦めるわけにはいかなかった。

嫌がるチャイの体に手を伸ばし、朝に夕にと慣れない手当てを繰り返した。耳に薬を入れて、猫が舐めてしまわない首の後ろにノミ避け薬をさし、ガーゼで目やにを取ってやる。当然嫌がるが、私を噛んだり爪を立てたりはしなかった。そんなとき、チャイは私のすることを我慢して受け入れているのだと感じた。本当はあんなに身体能力の高い生き物なのだから、真剣に逃げようとすれば逃げられたはずなのだ。

出会ってまもなくの頃

三ヶ月もすると、チャイは見違えるほどきれいな猫になった。

両方の目は揃って緑に輝き、スーピー音を立てていた鼻炎もいつの間にかなくなった。耳ダニやノミがいたなんて、誰にも言わないでちょうだいなと言わんばかりに、四本の脚をきちっと揃えて立ち、そこに長い尻尾を巻きつけている。

きれいな猫ですね、などと、訪れた人がお世辞でもよく言ってくれるようになり、私はさっそく親ばかになった。

「こういう風に立てるのが、美猫コンクールでは最初の関門らしいですよ」

そんなことを言ってくれる人もいたものだから、チャイはコンクールにでも出した方がいいのだろうかとまで考え始めたくらいだ。

相変わらず人見知りで、知らない人に触れられそうになるとすぐに部屋の奥へと隠れてしまったが、友人たちにも姿くらいならなんとか見せるようにもなった。チャイと人間のはじめての関わりがどんな風であったのかはわからないけれど、その頃には、人間はそんなに怖くない相手だと捉え始めたのではないだろうか。

「ねえきれいな猫だってよ」

そう言って背中を撫でてやると、反射的に尻尾を高く上げる。一緒に暮らし始める前には、まるで心の通い合うことのない愛想のない生き物だと思っていた猫への思いは確実に変わっていった。

猫は言葉こそ話さないが、こちらの生活リズムを理解して、一緒にペースを合わせてくれている。もっと遊びたそうだったが、パソコンに向かって仕事をしていると、キーを叩く音を聞きながら目を閉じる。デスクトップのモニター画面の上のぬくっとしたスペースを自分の居場所にすると決めたらしい。

杉並のお宅でテレビの上に座っていた頃のことを思い出しているようにも見えた。

私としては、書いている間中モニターの上から見下ろされるような格好になるわけだが、特に邪魔だと感じなかった。ただよく、そんな座りにくそうな場所で長時間眠っていられるものだと感心し、原稿の手を休め見つめていると、チャイも片目を開いてみたり、窓の外にやって来る鳥を眺めたりしている。

何もわからないままスタートしたチャイとの暮らしは、ペースを合わせてもらっているようで実はペースを作ってもらっているような頼もしさがあった。

また、毎日のように謎も浮かんできた。

なぜ、喉をごろごろ鳴らすのか。寝ているような寝ていないような半眠状態のときには、まぶたがぴくぴくっと痙攣するのも不思議ではないか。

焼き魚やおいしそうな肉料理を襲うならまだしも、チャイはよく食パンを襲う。これにも参った。

何しろ、独身時代の私の食生活はそれは悲惨なものだったから、眠る時間も不規則なら、食べるのはさらに二の次、三の次だ。ぎりぎりまで原稿を書いたり、友人たちと遊んだりして、気がつくと空腹が限界に達している。

食パンはそんな毎日の生命線だった。いざとなったらこんがりトーストして食べる、と買いおくわけだが、チャイは見つけるたびにこれを襲った。だったら私もどこか戸棚に入れるとか、冷蔵庫や冷凍庫で保存するとか考えたらよかっただけの話なのだが、忘れてしまう。

チャイは必ずといっていいほど、袋の上からつかみかかり、馬乗りになり、袋をよれよれにし、中のパンもぼろぼろにし、あちらこちらに爪形、歯形の残る状態で床に放置する。

はじめは、チャイもお腹が空いていたかと思い、パンをちぎって餌のトレイに置いてやった私である。

しかし、まるで食べようともしないし、パンを襲った犯人も自分ではないかのような素知らぬ顔をしている。

二度目三度目とパンが襲われてようやく、チャイが食べる気もないのに襲っていることに気がついた。

なんでよ、君。

私は内心で独りごちる。

リビングにあった布張りのソファは、チャイがやって来て五日目にはじめて姿を現した場所だったが、これがあっという間にふりふりのフリンジ付きの様相を呈してきた。ソファの足元の部分で、チャイが半ば逆さになる勢いで激しく爪研ぎをするからである。

窓辺に鳥がやって来ると尻尾を左右に大きく揺らすのも、犬がうれしくて尾を振るのとは少し違って見えたし、時折私に尾をからめてくる理由も謎だ。

大学のときに専攻していた動物生態学の知識などはまるで役に立たず、私は会う人ごとに猫を飼っていないかと訊くようになった。

「あの、猫なんか、飼っていたりします？」

この反応は、なかなか面白かった。

「あ、猫。私、大好きです」

飼っているとか実家にはいるという人からは、いろいろなアドバイスをもらった。

ソファのフリンジ対策にはすぐに市販の爪研ぎを買うよう勧められたし、そこにまたたびの粉をふりかけておくと効果覿面だと教えられた。また、猫はよく毛玉を吐く生き物だから猫用の草を買った方がいいとか、中には猫が留守番で寂しくないようにと、日中は繰り返し猫用ビデオを見せているという人もいた。

私はそんな話を聞くたびに、打ち合わせの帰りにはペットショップへ寄って猫グッズを買い帰った。

しかし出だしが悪かったのか、チャイは市販の爪研ぎには見向きもせず、猫用の草は食べると毛玉ではなく、ニラにも似たその青草だけをそのままぬるっと吐いた。猫用ビデオには、きれいな色の鳥たちがたくさん出てくるのだが、気づくと私の方が書きかけの原稿も投げ出して見入っており、チャイは知らんぷりで毛繕いをしている。

なかなか思うようにはいかない。

書店では、これまで足を踏み入れたことのなかったペット本コーナーにも足繁く通うようになった。

猫について書かれた雑誌、本、漫画本、とにかく山ほど買ってきて知ろうとしたのは、なんだったのだろうか。それはまさに一緒に暮らし始めた一匹の猫、チャイの〝気持ち〟、今何を考えているのか教えてほしいのである。

何がしたいの？

どーして、そんなことするの？

答えてくれたらいいのに、からかわれているみたいだ。

いいですよ、だったらとばかり、書物に頼った。

加藤由子さんが書かれた『雨の日のネコはとことん眠い』には、「心が千千に乱れる」という描写が幾度か登場する。神秘的な猫の性質が鮮やかに解明されていく。けれど、そんな著者をもってしても理解できない猫の性質があり、愛しいあまりに心が千千に乱れるという描写が素敵だった。

小林まことさんの『What's Michael?』は、あっという間に全巻読んでしまった。自分が舌を出したままになっているのを忘れている猫や、失敗をすると毛繕いのふりをするコミカルな猫の姿態は、以来チャイでもよく目撃するようになった。

私の謎をいくつも氷解させてくれたのは、『猫たちの隠された生活』という、人類学者、エリザベス・M・トーマスが書いた自然科学書だった。

トーマス女史は、猫という生き物がどのように今の形質を獲得してきたかを、的確にひも解いている。猫やライオン、豹たちを「崖っぷちで生きるもの」と位置づけた。肉食動物となった彼らは、肉という限られた食料だけで生きるためにハンターとして の高度な技術を身につけたのだ。いつも十分な餌を与えられる環境にあっても、彼らは子どもの頃から狩りの真似事をして遊ぶ。

獲物を食べる食べないにかかわらず、狩猟は快楽であり、ライオンは殺した獲物に愛着を感じ、そっと前脚で撫でたり毛繕いをすることさえある。

そしてなんと！　トーマス家の猫も、パンを襲うというのだ。一斤のパンを獲物に見立て、ちょうど首筋に当たる部分に、とどめの一撃で噛み跡をつける……。その頁に付箋をつけて、チャイを盗み見る。

ではなぜ喉を鳴らすのか？

ライオンに襲われた人が、その喉元でごろごろと鳴っている大きな音を聞いているうちに幻覚を得たようなトランス状態となり、恐怖を忘れたという。

音の発生には今も諸説あるが、鳴らしている動物の脳内にも快楽が生じるし、またその音は近くにいる子どもをはじめとした毛繕いの相手を安心させる効用があるのだそうだ。

フリンジ付きのソファに転がってこの本を読んでいる足元で、チャイが爪研ぎをしていた。私は、やはり神秘的な生き物と暮らしているのだと改めて思い知らされた。

そういう生き物だったの？

顎の辺りを壁の角などに擦りつけるのは、自分の臭腺から臭いをつける行動。「私のもの」と、テリトリー表示をしている。猫にとっての飼い主は、親であるとか子であるという前に、「私のもの」となるのだそうだ。

　我が家を時折訪れていた人は、猫という気ままな生き物が大好きだった。チャイを殊更可愛がり、膝に載せ、チャイが高くジャンプをすると手を叩いて喜んだ。

　友人も、やってきては窓辺で優しくブラシをしたり、膝に載せて爪を切ったり。すると、チャイは安心して体を任せているように見えた。

　チャイはどこでどうして生まれたのかもわからないけれど、そうやっていろいろな人との出会いを得て、うちの猫になっていった。いや、私の日々が「チャイのもの」となったのだ。

第3章　優しい雌猫

猫の舌は、ざらざらしている。見かけは、ちろちろと動く赤くて可愛らしい舌だが、その舌で舐められてみると、一瞬「いてっ」と声が出るほどざらついている。

ざらついてはいるが、犬のベロのようにぬるぬるはしていない。どちらかというと、乾いたブラシのような感触だ。

猫はきれい好きなので、そのざらざらした舌で、かなりしつこく全身の毛繕いをする。

よく見ると舌の表面にはぶつぶつした突起が並んでいる。猫の毛は柔らかいから、舌がなぞった後には、ブラッシングの後のラインが残る。

右の背中、左の背中、前脚まではなんとかいつもの姿勢でできるが、そのうちにだんだんヨガのようなポーズになって、後ろ脚やお腹、尻尾の先までやり尽くす。

後ろ脚を頭の上高くにあげてお尻の辺りまで舐めている頃、

「チャイ、こっち向いて」

カメラを持って声をかけると、驚いたようにこちらを見て動きを止める。舌がぺろりとはみ出たままの場合もある。

誇り高い生き物に、間抜けな格好をさせて申し訳ないと思いながら、その頃私はよく、チャイのこの華麗なポーズ写真を撮った。私の部屋で、そこまで緊張を解いて過ごしてくれるようになったのが、心の底からうれしかったのだ。

注意深く見ていると、毛繕いは、決まって眠る前にするようだった。といっても、猫は一日の三分の二は眠っていると言われ、一日中小刻みに寝ては起きてを繰り返すので、始終やっているという印象になる。

さっきまでカーテンを駆け登って遊んでいたのに、餌を食べ終えるとソファに飛び移り毛繕いを始め、やがてヨガのポーズになる。念入りなときには肉球の一つ一つまで口先であぐあぐと噛む。そんなときは眉間に皺を寄せて、必死の形相である。

ようやく身繕いが終了すると、体を丸めて眠り始める。長い尾の先に両前脚を載せ、丸い輪を作り、その中に頭を埋めて眠る。前脚をまくら代わりにしているときもある。

ようやく眠り始めた頃に何かのタイミングで邪魔されると、また一から毛繕いを始める。

邪魔をするのはもちろん私なので、チャイはたぶん頭にきているには違いないのだが、そう怒る様子もない。

寝ている猫が愛らしくて、写真を撮ったり背中を撫でたり。ときには髭を引っ張ってみたり。

自分が原稿を書くのに忙しいときには放ったらかしておくくせに、ちょっと手を休めるときには、相手がどうあれちょっかいを出してしまう。

チャイの方も同じだ。私がゲラと呼ばれる原稿の校正紙を広げ、赤いペンで真剣に手直ししていると、必ずその上に飛び乗ってくる。広げた校正紙の上に体をでれーっと横たえて、ひどいときには赤ペンを持つ私の手の上にまで乗ってくる。

猫が原稿やゲラの上に乗るというのは、どうやらどこのお宅でも繰り広げられる光景らしく、拝読したご著書によると、村松友視さんのお宅のアブサンも、荒木経惟さんのところのチロもやっている。

自分で書いた文章とだけではなく、飼い猫とまで格闘しながら原稿を仕上げるのである。諸先輩方のそんな、なんとも微笑ましい様子を想像するのは楽しいばかりだが、自分がやられると、なかなかの迫力にあっけにとられる。

で、やれやれ、ようやっと終わったから遊ぼうかとおもちゃを持ち出してみると、チャイの方はそろそろ寝る準備に入りましたとなるわけだから、どうにもタイミングが合わないのだ。

猫と人間も、人間の男女も同じ。一緒に暮らしてみたところで、急にペースが合うはずもなく、それぞれが気ままにやっていきたいのである。

私はいろいろな邪魔をしては、寝ているチャイを起こした。

丸まって寝ているチャイの体を抱き起こす。まだ丸まろうとする体が、私の腕にからんでくる。抱いたまま黙って窓の外を見ている。温かいんだな。私の腕の中でこんなにも安心して温かい。

「猫って人間より体温が高いから、一緒にいるとよく眠れるようになりますよ」

いつだったかそう教えてくれた人の話を思い出すのは、そんなときだった。

一人で気ままに生きているふりをしながら、当時の私はいつも体が緊張して眠りが浅く、ほっと安心しているような時間が少なかった。

私は今、安心している。体の緊張がほどけて寛いでいる。ソファにチャイを抱えたまま座るとその場で眠りに落ちていく。

ありがたい温もりだった。

だが、私の方はいろいろな酷いことをした。

眠るのを邪魔したくらいは、きっと猫の寛大さで許してくれたに違いない。恋人が家にやって来るからといって、部屋中にパフュームを吹きかけた日には、相当まいっているようだった。

私はチャイに避妊手術を受けさせた。チャイには断りもせずに動物病院まで連れていった。

はじめての冬が終わり、しだいに温かな陽射しを感じるようになり始めた頃だった。

春になったら動物は発情期を迎えるのを知っていた。夜中起きて仕事をしていた私は、春先の猫たちの気が狂ったような声に、よく気持ちをかき乱されてきた。赤ん坊が泣いているように感じられ、外を見回った晩もある。

雌猫のチャイには、避妊手術を受けさせるべきだと信じていた。外に出すわけではないのだから、春になって発情期を迎えてもどうにもしてやれない。

「雌猫が発情すると大変でさ、俺の知ってる奴なんて、そうなるといつも綿棒でつついてやっていたんだ」

そんな話をする人もいた。

私はチャイが母猫になるのを望んでいなかったし、発情して変な声を出すのを想像するのも気持ちがふさいだ。ましてや綿棒だなんて、考えられなかった。雄猫と出会う可能性だってないのだから手術をするのは当然なのだと、紫色のキャリーバッグに入ってもらって、髭の先生のいる動物病院へ連れていったのだ。

確か一泊二日の行程で行われる手術だったと思う。迎えにいくと、診察台の上のチャイはお腹の毛をすっかり剃られ、代わりに腹巻きをつけられていた。

私の顔を見上げると、力なくみゃあと掠れた声を出し、抵抗もせずにキャリーバッグに入った。

何をされたかまでは、理解はできていなかったろう。けれどチャイはなんだか哀しそうで、キャリーバッグを抱えて家に帰る途中、私は急に詫びたくなった。少なくとも、迷いもせずにしてよい仕業ではなかったのだ。

謝っても仕方がないが、部屋に帰ってきたチャイに、とりあえずいつも好んで食べる食事とミルクをやった。

チャイはおいしそうに食べて、その舌で毛繕いを始めた。

腹巻きも毛だと思うのか、何度も毛繕いをして、めくっていった。自分の腹にできた手術の傷跡も、同じように舐めた。放っておくとずっと舐めようとするので、だめだよと言って、腹巻きをかける。

　チャイはまた舌でめくっていき、傷跡を舐める。

「だめだって言ってるでしょう」

　根比べのようなことをして、諦めたのは私の方だ。

「傷からばい菌が入るかもしれないって先生が言ってたよ」

　今頃そんな説明をして、何になる。だったら、手術の前にチャイにきちんと話してやればよかったではないか。だまし討ちはひどい。

　後悔にも似たざらざらした思いに包まれて幾人かの友人に話すと、みんないろいろな考えを伝えてくれた。

「仕方ないよ、家猫なんだもの」

「俺なんか、うちの雄猫の手術の後の金玉見せてもらったよ。結構でかいのな」

　そんな風に言う人もいたし、一人はこう言った。

「私もね、今になって一度くらいは子どもを産ませてやりたかったなって思うんだ。手術をした猫は、ずっとどこか子どものままでいてくれるっていうけどね」

　自分はたぶん子どもは持たないだろう。猫の赤ん坊なんていらないし、チャイと私は二人だけで一緒に仲良くやっていけばいいのだ。私はどこか頑（かたく）なに悔いる気持ちを閉じてしまった。

二週間もすると、腹巻きも外れ、手術の傷跡もほとんど目立たなくなった。剃られたはずの腹部にもふたたび毛が生え始め、チャイは以前と同じように、羽のついた玩具に飛びかかってきて、空中を回った。

眠る場所は、少しずつ移動した。

はじめはベッドの上でもうんと足元の端っこの方だったのが、じりじりと上に上がってきて、やがて顔を並べて眠るようになった。

私が寝しなに本や新聞を読み、欠伸（あくび）や伸びをしてようやく寝つこうとすると、毛繕いを終えたチャイも、両前脚と尻尾で丸い輪を作り、その中に顔を埋めて眠り始める。寝る前にいろいろ考えるべきことがあったはずだが、もういいね、と私は思う。書きかけの文章や、やり忘れたことも、とりあえず放っぽらかしと決める。

ところがある晩だった。なぜなのか、どうしても私はうまく寝つけなかった。毛布をかぶってようやく寝入りかけるのだが、びくっと目が醒めてしまう。翌朝早くに出かける予定があり、寝不足のまま向かってはよくないと気ばかりが急（せ）いた。

そうだ、温かいミルクティでも飲めばいいかもしれないと、起き上がって紅茶を淹(い)れた。お砂糖もたっぷり入れた甘いミルクティを、自分に許した。

これで眠れるかと目を瞑(つむ)るが、やはり眠れない。今度はそうめんを茹でた。空腹なような気もしたからだ。

とにかく三度も四度も眠りかけては起き上がり、寝室からリビングへと移り、灯りをつけたり消したりを繰り返した。

いよいよ腹も満たされ全身に眠気が回り、深い欠伸が出た。

「チャイ、眠ろうか」

ベッドに入り、そう声をかけたのだ。

ずしんという振動があり、仰向けになった私の上に馬乗りになっているチャイのぎらつく目の光を感じた。チャイは、両方の前脚で私の頰を挟んだ。まず右からのパンチ、次は左、右、左、ぱんぱんぱんと、肉球を使っての往復ビンタ攻撃をした。

私は目裏に星がちかちかし、何が起きているのかわからなかった。

決して痛いわけではなかったが、明らかにビンタされた。

これ、なに？

そんなとき、人間の言葉で誰かと分かち合いたいわけだが、話す相手がいない。

けれど、チャイが私に何かを伝えようとしているのはわかった。

「眠ると決めたんなら眠りなさいよ」

とか、

「一体何度毛繕いをさせるつもり?」

とか。

本当のところはわからないがそれは私にはあまりにも劇的な体験だった。翌日仕事で会った編集の人にも、どうしても話さずにはいられなかった。

「ほお、それはつまり、母猫による躾ですね。谷村、猫に躾されるというエッセイ、面白いから書きましょう」

彼は他人事を笑っている。それもよいとして、私がふと気になったのは、その中のたったひと言だった。

「母猫?」

そういえば、エリザベス・M・トーマスの本『猫たちの隠された生活』にも書いてあったのだ。

〈しかし人間が親で猫が子どもという図式は、ものごとの半分しか説明していない。猫の目からすると自分たちのほうが親で、飼い主はその子どもでもあるのだ〉

著者の家の猫が、飼い主である人間の教育を試みる場面が幾度か書かれている。いずれの場合も前脚を丸めて人間を叩くのだが、その際感心なことに、猫は爪を引っ込めたままだったそうだ。

母猫のような猫。それがチャイの持って生まれた資質なのかどうか、私にはわからない。

けれど、避妊手術を受けた頃から、チャイは確かに、母性としか言いようのない独特の感性を発揮するようになった。

そうやって私の躾をしようとしたし、ほどなくチャイは、小さなぬいぐるみを可愛がり始めるのだから。

絵本の販促用に作られた、茶色い子ザルのぬいぐるみ。これがとても気に入り、口にくわえてあちらこちらへ連れ回すようになった。

当初はねずみを獲る狩猟の真似事をしているのかと思っていたが、窓辺へ連れていって毛繕いをしたり、ベッドへ運んで一緒に眠るのだから、狩猟と捉えるには無理があった。

ある頃からは、ついに餌やミルクを載せたトレイにまでぬいぐるみを運び始めたから、食べさせてやっているつもりのようにも見えた。柔らかいし毛に覆われたぬいぐるみは、チャイには子猫のように思えたのかもしれない。だが、生きてはいないのだから、トレイの中に顔を埋めたまま、ぬいぐるみは溺れている。

またある日は、私が外から帰ってきてそっと扉を開くと、チャイが聞いたこともないような甲高い声をあげていた。なんとも言いがたいみゃあみゃあ、ふんにゃあと全身から力を振り絞って発するような声で、何をしているかと見たら、サルのぬいぐるみに何か必死に物事を教えているのだった。

チャイは、やっぱりお母さんになりたかったのだ。見てはいけないものを見てしまったような、チャイの知らない部分の扉を開けてしまったような気がした。

私は三十代になっても子どもなんてほしくなかったし、いまだ自分のことで精一杯だった。新幹線や飛行機で騒ぎ立てる子どもたちに目くじらを立てる心の狭さも持ち合わせていた。

同じ雌同士ながら、チャイは私にはない母性を抱えた存在だと感じるようになったのは、皮肉にもそうして避妊手術を終えた後だった。

その上、チャイはこんなタイミングで雄猫と出会った。

ベランダに、毛艶の美しい雄の黒猫がやって来るようになったのである。

シラカシの樹木も青々と葉を茂らすようになった頃、雄猫は、塀を飛び越えてその小さなベランダへと忍び入るようになっていた。

網戸の窓に鼻先をくっつけて、部屋の様子をうかがっていた。

いかにもしたたかな顔つきをした、肩に筋肉をみなぎらせた堂々とした猫だった。

チャイはすぐに窓辺へ寄っていき、網戸越しに鼻先を近づけた。警戒するそぶりもなく、体を擦りつけた。

私と目が合っても、黒猫は逃げていくわけでもない。

じゃあまたな、と言っているかのように、塀を越えて、路地の世界へと戻っていく。

チャイが窓辺でいつも待っているようになったので、私はベランダにもそっと餌を置いておくようになった。

「チャイ、あの猫はさ、あなたに会いたいわけじゃなくて、ただ餌がほしいんだと思うけどね」

そう言って声をかけながら、恋に落ちていく女友達を見守るような心境だった。

すでに避妊の手当てをした猫だと見分けるのか、黒猫は首を伸ばして、私の方にだけ餌をねだる。

その頃のチャイは、いつも窓辺で丸い背中をこちらに向けていた。なかなか来てくれない相手に焦がれ、その背中からはため息が聞こえるかのようだった。

第4章　チャイの恋

日なたぼっこをしながら眠る猫の姿は、あるがままに生きる命の象徴のように輝いて見える。窓から差し込む光の輪を見つけ、その中で自分もくるりと輪を描く。太陽の高さとともに光が移動すると、猫は寝ている場所を少しずつ動かしていき、いつも一番心地のよい場所へと収まっていく。寒い時期には日なたを見つけ、陽射しが強すぎる時期には風の通り道を上手に見つける。窓が閉め切られ風が見つからないときには、ちゃんとクーラーの風があたるところへとずれていく。

カーペットを敷いた十畳ほどのリビングルームでは、裾がすっかりぼろぼろになってしまったソファの片隅に、クーラーからの冷風があたった。自然の風より少し強すぎるようなその人工の風にちょっと不平がある顔をしながらも、猛暑の日にはチャイは涼しそうに目を瞑(つむ)った。

猫と暮らし始めると、光や風の通り道に敏感になり、できるだけマンションの窓を開けて風を通してやるようになった。自然の風は、窓辺で眠るチャイの背中の毛をそよそよと撫でていき、白い髭をくすぐる。

時折、私自身があまりに忙しくてかりかりしているようなとき、ふと目線の先にいるチャイが我関せずとばかり丸まっていると、私は猫という生き物の強さを見習わねばならないと思うようになった。

チャイは飼い猫なのだから、頼る相手は私しかいない。もはや自分で餌を取って生き延びていける術もなく、勝手に避妊手術も受けさせられてしまい家族もない。想像すると、決して楽観的ではいられない身の上のはずだが、よく眠る。

一方私はといえば、いつも漠然とした不安を抱いている。人を好きになると、すぐに自分を見失う。ただそれだけの理由でもよく眠れなくなり、いつも愚かで恋を楽しむなんてできなかった。

チャイはなんでも乗り越えていく。こんなに頼りにならない同居人と二人きりなのに安らいで眠っている猫が、私にはかけがえがなく愛おしくまた頼もしかった。

我が家には、チャイの玩具が散乱し始めていた。

一応は掃除のときにひとところにまとめるのだが、鈴の入った猫ボールや先っぽに猫ボールのついた釣り竿みたいな玩具は、いつも部屋のあちらこちらに散らばっていた。例のサルのぬいぐるみも、毎日場所を変えて、引っくり返っていた。

玩具は、チャイが、あそぼう、とばかりに口にくわえては運んでくる。猫ボールの場合には、そのときちりんちりんと音がする。

私が机に向かって考え事をしているようなときには、それはちょっと悩ましい音だった。昼間なのに寝不足で仮眠しようとしているときや、夢中になって借りてきたビデオを観ているようなとき、または友人や恋人と電話で話し始めたときにも、その音は私にため息をつかせた。

それでもチャイはしつこいほど熱心にそれをくわえて私の足元に落とし、こちらを見上げてきた。声にも出さずに必死に伝えてくる「あそぼう」には、言葉がない分、真剣味が宿って見えた。

空腹のときには、私が歩く先々へと回り込んでこちらを見上げたし、旅支度を始めると、クローゼットのある寝室の片隅で、じっとこちらを眺めていた。

そんなときには黒々と目が光り、何を言うでもない。

「猫は、話もできないのに、なんでも伝えてくるのがすごいと思います」

いつだったろうか、友人が言ったひと言を、私は以来ずっと忘れないのである。

「話もできないのに、なんでも伝えてくる」

それ以上、シンプルで的確な猫への賛辞を私は知らない。友人は、チャイにも優しくブラシをかけたり、爪を切ってくれたりした。チャイは、彼女になら何をされても、窓辺で気持ちよさそうにしていた。

猫のために、私も器用になりたいと悪戦苦闘していた。

だが私はといえば、そうはできなかった。爪を切るつもりが深爪しすぎて肉球から血がぽたりぽたりと滴った日は、たまたま実家から母が来ていた。

「前から思っていたけれど、あなたはいつも深爪なのよ」

チャイは、いつもやれやれと困っていたに違いない。

それに私は気まぐれで、夜に原稿を書き終えて清々しい気持ちになると、急にチャイを抱きかかえてダンスを始めた。ずんちゃっちゃーずんちゃーと自分で唄いながらダンスをすると、チャイは猫のくせに目が回っているようだった。

まったく迷惑な飼い主だったに違いないのだが、それでも寝るときは枕元までやって来るようになったし、風呂に入っていると覗きにきて湯船の水をおいしそうに舐め上げる。

私が出かけようとすると玄関先まで見送りにくるし、帰ってくると足音を聞き分けるのか、玄関で待っていてくれる。何を食べてきたのか探るように、口元に鼻先をつけて鼻をくんくんと動かす。

わずか四キロほどの体重の生き物なのに、一緒に暮らしているという確かな温もりと手応えがある。それが、チャイがやって来てすぐにわかった猫との暮らしであり、安らぎだった。


そんな二人だけの安穏の時を、突然破ったのは、チャイの方だった。

窓辺にやって来る黒猫を、じっと待つようになったチャイは、おそらく恋していたのである。緑の目を光らせて、肩の筋肉を漲(みなぎ)らせてやって来る黒猫に夢中で、ずっと窓辺で待つようになった。

その猫を私はロックと名づけ、一九九八年には、『黒猫ロックは窓辺に来る』という短編小説も書いている。サトシという主人公の部屋の窓辺に、黒猫がやって来るようになった。

〈僕は竹輪を口にくわえ、焼き魚を部屋に運んだ。竹輪は喰ってみると案外うまかったので、自分で食べた。焼き魚を皿ごと、窓の桟に置いた。

ロックはまず匂いをかいでから食べた。喉の奥からぐぇぐぇっていう、変な音を出しながらがつがつ喰った。そのうち、魚を丸ごと口にくわえると、どこかへ行ってしまった。

（略）

急に今、めちゃくちゃロックを好きだと思った。友達より、母さんより、貴子よりも好きだと思った。あいつは一人で立派に生きていて、自由だ〉

ロックについては、近所で生まれた頃から見ていた。体の小さな三毛猫が、ある日大きなお腹で苦しそうに町内を歩くようになったのだ。その姿をしばらく見かけなくなり心配していたら、ある日、私が車を停めていた駐車場の敷地の陰から、子猫たちがぞわぞわと出てきた。

真っ白、真っ黒、三毛猫、茶とら柄とバリエーションに富んだ七匹が、毛玉のように丸まりながら、ある夜、車を停めた私の前に一斉に飛び出てきた。

その後ろから、身軽になった三毛猫が悠々と顔を出したというわけだった。そうか、おまえはお母さんになったんだね。そんな小さな体で、よく七匹も赤ん坊を産んだね。

子猫たちは、日に日に大きくなった。野良猫に給餌してはいけないのかもしれないが、私の駐車場で生まれてしまった猫たちに愛着が湧き、毎晩のようにコンビニエンスストアで猫缶を買ってきた。

　子どもたちはじきに母猫の元を離れて近所の徘徊を始め、どんな高い塀でもひょいひょい登るようになっていった。駐車場では彼らの姿は見なくなっていったし、やがて三毛猫の姿も見られなくなった。

　ところがその中の一匹、黒猫だけは、時折町内を徘徊しているのを見た。人目を恐れず堂々として、時にはアスファルトの道の真ん中を歩いている。真っ黒だけれど、首筋のところにツキノワグマのような白い模様があり、それがロックと名付けた黒猫の目印だった。

　ロックはいきなり、チャイと私の暮らす家のベランダに現れた。

　緑の目で室内を見渡し、なんだ、おまえはここに住んでいるのか？　とばかり私に睨みをきかせた。掠れ声をあげ、来たら餌をもらえそうだと思っているようでもあったけれど、窓辺に駆け寄ったチャイにはほとんど関心がなさそうだった。

　窓辺のパントマイムよろしくチャイはロックが動かす顔の動きを追いかけるわけだが、餌をもらえないとわかるとロックはまた塀の向こう側へと姿を消してしまう。

　窓ガラスの向こうの世界はなんと自由なのだろうと、そのときチャイは感じたろうか。塀の向こうへ追いかけていきたいと、真剣に望むようになったのだろうか。それともただ、ロックが運んできた、懐かしい外の世界への郷愁がチャイを駆り立てたのだろうか。

ある晩チャイは突然に、網戸に爪を引っ掛けてそろそろと開き、ベランダへと足を踏み出した。

ソファに横になっていた私はそれに気づき、我が目を疑った。

はじめはおそるおそる、けれどあっという間に、チャイはベランダの中央に直植えされていたシラカシの樹木に四肢を使って飛びついた。するするっと駆け上がり、塀へと渡り伝っていった。

私はあっけにとられてしまい、玄関でサンダルを履いてすぐに外に出た。チャイはマンションの生け垣に収まり、じっと身を丸め、月明かりの下で目を輝かせていた。怯えているという風には見えなかった。夜風を浴びて、心地よさそうにしていたし、薄緑色の瞳は艶やかに輝いて、いかにも久しぶりの外出を慎重に進めていこうとしているように見えた。

一度くらい、出かけておいで。今日は一日部屋で待っていてあげるから。私はそんな風に覚悟を決めたつもりだった。鏡の前で化粧をしていそいそ出ていく私は、チャイにはこう見えていたのかなと想像するのも、一晩くらいは悪くなかった。

しかしチャイは、それからほぼ一ヶ月にわたり、夜な夜な外出するようになってしまった。

ある日はしっかり閉めておいたはずの窓からではなく、寝室の出窓をこじ開けて脱走していた。なんと私は外出先から駐車場に車を停めて、マンションまでふらふらと戻る途中に、チャイと鉢合わせになったのだ。

茶色いはずのチャイの毛が外ではやけに白っぽく見える。つまり、ロックたちのような本物の野良猫が身にまとっている、ぎらぎらと脂ぎった毛の汚れがないのである。あの睨みつけるような目つきもなければ、何とも無防備で不用心な、野性味に欠ける猫に見えた。

「そんなんじゃ、モテないと思うよ」

私は、そう言ってやった。足を停め、しばらくじっと観察していた。現にチャイは、猫たちが外で繰り広げている輪の中にはまったく入れずにいるようだった。一匹でぽつんと、他の猫たちを遠巻きに眺めているだけなのだ。

夜に出ていくチャイは、朝方になるとまたその小窓から戻ってきた。ベッドにどすんと着地するので、必ずベッドカバーに足跡がついた。いつも私と一緒に寝るはずだったのに、疲れて帰ってくると、すぐに大して毛繕いもせずに勝手に寝てしまった。

私と一緒に生きていたはずのチャイが、猫の時間を生きるようになった。その寂しさは、言いようがなかった。これまでさんざん、自分は勝手にチャイを置いて出かけていたというのに、私は切なさで胸が締めつけられた。

「チャイが夜出ていくでしょう。夜帰ってくるまで心配で寝られないんです」

ある日、たまりかねた私はまたしても友人に相談の電話をかけた。

「帰ってくるのか来ないのか。車に轢かれてやしないか。心配になってしまって」

「出ていったと思ったら案外すぐ帰ってくる日もあるし、猫は自由なものですよ」

友人は、そう言った。

その自由に憧れて猫と暮らしていたはずだったではないか。なのに私は、いつしかチャイの脱走が心配になり、自ら夜の外出を控えるようになっていった。

チャイの方は、そんな私にはお構いなしだった。夜になるとベランダへと続く窓を開けようとし、それが無理だとわかると、ベッドの上の出窓の小さな桟に上がり出窓を開けるためのレバーを頭で必死に押し上げた。出窓がわずかでも開けば、チャイは瞬時に隙間をくぐりひらりと身をかわし、後ろを振り向きもせずに外へと飛び出ていった。

世田谷のマンションでのチャイ

チャイが恋していた黒猫ロック

チャイを引き止めたくて、玩具でさんざん遊ぼうと誘ってみた。大好きな鮭を焼いて、食べさせた。いろいろやったのだ。

昼間のチャイは、それまでとなんら変わりがない。窓辺で日なたぼっこをして、空腹になると餌をねだる。

ところがしだいに夜が更けると、瞳が輝き始めるのである。窓に肉球を当てて開こうとし、だめだとわかると寝室の出窓へと移る。

私はある日、意を決して出窓をリボンでぐるぐる巻きにして、止めてしまった。それで安心していたら、チャイの姿はなく出窓は開いているではないか。リボンは見事に噛み切られてあった。

噛み切られた赤いリボンは、ぼろぼろになってベッドの上に散乱していた。まるで、自分の心もぼろぼろになったように感じ、ため息が出た。

次に私が用意したのは、ガムテープだった。テープでぐるぐる巻きにした。

しかしこれも、なんなく噛み切られた。

チャイは、私が見ている前でも臆面もなく、眉間に皺を寄せて必死の形相で噛み切った。

別の友人にも相談した。

「猫が毎晩外出するようになって、心配で眠れない」

その友人は、別の意見を言ってくれた。

「出られないようにするしか、方法はないんじゃないでしょうか。一緒に暮らすのだから、チャイには我慢してもらうしかないかもしれませんね」

私は荒物屋さんから針金を買ってきて、出窓のレバーをぐるぐる巻きにした。

それをする私を、チャイはじっと見ていた。

そして夜になると、それまでと同じようになんとかこじ開けようともがき始めた。リボンでもガムテープでもない針金は、さすがに猫の歯でも太刀打ちできないようだった。

それでもチャイは、がりがり音を立てながら、針金と格闘していた。

そのうち口が切れてしまうのではないか。それだけ続けたら、針金だって噛み切ってしまうだろうか。

どうして、そんなに出ていきたいのか。

どうして、急にそうなってしまったのか。

これまで通り一緒に平和にやってはいけないのか。いや、外に出ていくチャイを、私がただ許してやればいいだけではないのか。

チャイは針金と格闘した。さんざん格闘して、自分には敵わない相手だと認めたようだった。

急に観念したように、出窓の桟からベッドへと飛び降りた。よほど疲れたのか、ベッドの片隅で身を丸めて眠り始めた。

もういいよ。

まるでそう言っているかのような姿だった。

わかったから、もういい。

謝っても仕方のないことばかり繰り返す私に、まるでそう言っているようなチャイの寝姿だった。

それきり、チャイは外へは出ようとしなくなった。

第5章　雪国の猫ら

チャイを、暗い部屋の中へと閉じ込めている。

胸の毛を膨らませ輝くような目で窓を眺めていたチャイは、私のもとで成長し、まるで十分に育った子どものように外の世界へと飛び立とうとしていたのだ。

逞しい野良猫たちにはなかなか相手にされないにもかかわらず一緒に夜空を見上げ、彼らの呼び合う声に耳を澄まし風や夜露を浴びて、懐かしい猫の時間を生きようとしていたのだ。

なのに、私にはそんなチャイを見守ってやる度量がなかった。寝室の、ベッドサイドの小窓をがじがじに留めてしまった針金は醜く歪で、チャイを暗がりの内側に閉じ込めようとする私の心そのものに思えた。

出てはいけないのだと理解したチャイの潔さも徹底していた。私が窓を開けてベランダへ出ても、白々しく隙間を開けておいても、床に丸まったまま立ち上がりもせずに片目を開けて眺めていた。まるで、急に年寄りじみたカーディガンを羽織って、そこに座っているように見えた。

「猫をもう一匹、見つけてあげようかな」

そう呟いた私に、当時好きだった人は反対意見を唱えた。

「猫との付き合い方が、雑になるよ」

猫一匹、人間一人の生活だからこそ親密なのだとその人は言った。

また一から別の子猫を世話する自分を想像した。もう一度、耳ダニやノミの恐怖と格闘する日々を考えると、私にも彼の意見に頷くのが都合がよかった。

結局チャイは、我が家で一匹だけの猫になり、他に居場所のない私しか遊び相手のいない生き物になった。輝いていた目の光が失せて、夜になると漲(みなぎ)るように毛をふっくらとさせていたチャイの体の中のエネルギーはしぼんでしまったように見えた。

私自身が旅へ出るときには、知人にチャイの世話を頼んだ。

彼女と毎日のように連絡をとって様子を聞いたが、あるとき旅先で（そこはモルディブのリゾート地だったのだが）海を照らす月明かりを見ていると、突然思い立って、フロントから外線をつないでもらった。自分の声が応答する留守番電話へのメッセージで何度もチャイに呼びかける試みにでた。

一匹だけ部屋に取り残され、しかも閉じ込められて、電話が鳴るだけでびくりとしているだろうに、飼い主がどこかで自分の名を呼んでいる。

リゾートホテルのフロントで「チャイ、チャイ、聞こえていますか？　あと三日で帰りますよ」と、ぶつぶつ呟いている女の客を、フロントマンは訝しげに見ていたものだ。


私は札幌で、父と母、三歳違いの妹の四人家族で育った。

子どもの頃から、母にはほとんど叱られたことがない。それはおそらく母の資質によるのだと思う。終戦後、満州から引き揚げてきた母には、大袈裟に言うなら命はみんなかけがえがないものらしい。小さな子どもに手をあげる人や大声で叱る人を目にするだけで、胸を痛めるのは、幾つになっても変わらない。

いつだったか中学生のスポーツ大会の応援に行ったら、そのチームのコーチが、生徒たちを大声で罵っていた。観客が大勢見ている前で阿呆だグズだと罵り、母はその様子に耐えがたくなり、運動部をあまり好まなくなった。

父はそんな母を何かと気にかける。母が溺愛したセキセイインコが死んだときには、父が冬山に連れていき、スコップで凍った地面を掘り、埋めたらしい。

つまり私は、なかなかな過保護な両親のもとに育った娘なのである。年末年始の冬休み、いわゆる年越しには、必ず実家に戻るのも私には当たり前の約束事になっていた。

チャイがやって来て二度目の冬に、私はチャイを実家に連れていこうと考えた。電話で相談すると、母の答えは歯切れが悪かった。

「うちには猫の用意は何もないけれど、大丈夫かしらね」

猫のトイレは段ボール箱に専用の砂を入れておけば大丈夫だし、猫はおとなしい生き物だと伝えたのだが、母には大切なインコを襲われた記憶がのこっていた。

ようやく許可をもらったので、改めて猫と旅をするにはどうしたらいいかを調べ始めた。知人たちが、また次々と教えてくれた。動物と飛行機に乗るには予約が必要で、専用の大きなケージに入れられるので、別料金が五千円ほどかかる。

いつだったか、外国の新聞の特派員が書いた本では、彼が愛猫を連れて世界中転任するのだが、飛行機の席に猫を抱えて乗っていた。その猫が前の席の人の頭に飛び乗ってしまい、かつらがするっと脱げたなんていうユーモラスなエッセイを読んだ覚えがあったのだが、それも昔の話なのだろうか。

とにかく、はじめてのチャイとの旅だ。一体どうなるのやら、まるで想像がつかなかったが、ある男友達がこう教えてくれたのが心の支えとなった。

「俺は毎年正月には実家に連れていくんだけどさ、航空会社の地上係員には感心するよ。あれは、男の中の男の仕事だね。さあ、こちらにどうぞ、ご安心下さいって感じでケージに入れてくれて、うちの猫はまるで平気だったね」

彼はピアノ弾きで、彼にしか懐かない猫と暮らしている。猫を邪険に扱うという理由で妻に愛想を尽かし、離婚までしてしまった愛猫家だ。

なるほど、そんな係員ならどんな生き物にも慣れているのだろう。はじめて車に乗せられたときのチャイは段ボールが変形するほど暴れたが、今なら少しは人間に信頼を寄せてくれているのではないか。今度はきっと大丈夫、私もその男の中の男とやらの仕事ぶりに感心させられるに違いない。キャリーバッグを抱えて乗り込んだ空港までのタクシーの中でも、ずっと心にそう言い聞かせていた。

チャイの収まったキャリーバッグを肩からさげて、私は羽田空港のロビーへと入った。足音を盛大に立てて、がしがしと突き進んでいった。緊張のあまり、そんな気分だった。

チャイ、いい？　おまえ一人ではなく、私もその飛行機には一緒に乗っているんだからね、大丈夫だからね。小声でぶつぶつと、そう呼びかけていた。

男友達の言葉を必死に思い出そうとするが、実は別の女友達からはまったく違う話も聞かされていた。

「動物が乗せられる場所はほとんど荷物室と同じで、ものすごく寒いらしいよ。すぐ近くにはどんな動物がいるかもわからなくて、うちのときはきーきー騒ぐサルと、大蛇がいた。私、とっても後悔している。あのとき、無理に飛行機に乗せたりしなければ、うちの猫はもっと長生きしていたと思って」

サルと蛇の組み合わせを想像するのは、辛いものがあった。それに、飛行機から降ろされる荷物が、確かにいつもきんきんに冷たくなっているのも思い出された。チャイもそんな場所に……。

私の不安を感じとったのか、それとも空港内のざわめきが恐怖だったのか、チャイは突然、みゃおうと大きな声で鳴き始めた。それはそれはとてつもなく大きな声で、みゃおう、みゃおうと腹の底から鳴いているらしく、ロビー一帯に響き渡っているように感じられた。

「チャイ、だから大丈夫だってば」

と口にしたところで、私だって心配性の家系のせいもあり、不安で仕方がなかった。

ただただ受付カウンターに向かって駆け始めた。そこへさえ行けば、男の中の男が助けてくれる。安心させてくれる。でなければ、チャイが鳴けば鳴く程、私も泣きたくなってくる。

「すみません、予約してある者です。よろしくお願いします」

しかし、たどりついたカウンターにいたのは、制服を着た、エレガントな身のこなしの女性二人だった。男の中の男はどこへ行ったのだ？

カウンターの上に置かれたキャリーバッグのメッシュの窓から、チャイは私の姿を確認すると、さらに大きな声で唸るように鳴いた。口が裂けたみたいに口角が上がり、目は緊張に歪み、甲高い声で鳴き続けた。

「お願いします」

反対に私の声は小さくなった。いや、こんな状態でお願いできるのだろうか。預けられたチャイは、飛行の間中こんな風に鳴き通すのだろうか。想像しただけで可哀想で身震いした。

と同時に、なぜか私はハイテンションになり、おかしくなってきてしまった。やっぱり無理か、こりゃ参った。

「お願いします」

澄んだ声が聞こえてきて、カウンターにもう一つ、白いキャリーバッグが置かれた。白いコートを着た女性が、白いキャリーバッグの中に真っ白でふわふわの猫を連れていた。その猫は、バッグの中でお澄ましし、両脚を揃えて座っていた。

「まあ、可愛い」

「あら可愛い猫ちゃん」

カウンターの女性たちは、急に声を揃えて白猫を誉め始めた。

バッグの覗き窓から、白猫が、鳴き声を上げ続けるチャイの姿を目に留めた。チャイも、そちらを見つけた。

急に、鳴き声がぴたっと止んだ。

チャイは、よほど恥ずかしかったのだろう。猫にだってプライドがあるというものだ。

千歳空港には、グレーのダッフルコートを着込んだ父が迎えに来てくれていた。まるで孫でも待つようにそわそわとして、キャリーバッグの中のチャイと顔を合わせると、名前を呼んでくれた。

空港には、どこでも似たような光景が広がっている。首を長くして孫の到着を待つおじいちゃんやおばあちゃんの姿、両手に荷物をたくさん抱えて帰省する若者たち。

いや、私だって今年はチャイという家族と一緒だ。

空港から実家までは、車で小一時間の道のりである。

リビングで、おそるおそるキャリーバッグのファスナーを開く。ストーブのついた部屋が温かく、私にとっては懐かしい家族の匂いがする。

チャイは、カーペットを敷いた床にそっと足をつけて、周囲を見渡した。肉球でそっと床を確かめるように足をつける。

ここはどこ？

それに、あなたはだれ？

まるではじめて会う父に対して、そう呼びかけているみたいだった。

「チャイ、よく無事だったね」

そう声をかけられたとほぼ同時に、チャイは台所の奥の暗がりへと一気に駆けていき、隠れてしまった。

そこから丸二日間、チャイは再び隠れ通した。父や母はおろおろし、でもそれがいい出会いだったと思う。せっかくやって来た生き物が隠れてしまうなんて可哀想だと母は思ったに違いない。

私は、一人で冷たいビールを飲みながら、チャイが出てくるのを待って、ソファで寝るようになった。夜の間中ずっと燃えているストーブが、隠れているチャイと私を温めてくれているようだった。

しだいにチャイは、実家にも馴染んだ。窓辺に立って、空から降り落ちる雪をずっと不思議そうに眺めていた。

雪明かりをとるための障子窓は、手をかけるとびりびりっと音を立てるのがわかり、次々と遠慮なく破いていった。どんなにとめても、これは無理だったので、後日私は東急ハンズへ行って、新しい障子紙や糊を買い、張り直した。

また実家の玄関から二階まで続く螺旋階段は相当に楽しかったらしく、馬のようにリズムをつけて駆け上がり、一気に降りてくるしなやかさには、改めてほれぼれさせられた。

猫にはまるで馴染みのなかった父も、猫を毛嫌いしていた母もだんだん猫という生き物が見せる様々な姿を面白がってくれるようになっていった。

年が明けると、市内に住んでいる妹たち家族もやって来て、家の中は大騒ぎになった。妹の家には当時すでに三人のやんちゃ盛りの男の子たちがいて、遊んでいたと思ったらすぐに喧嘩が始まる。

チャイは、いつの間にやらまた逃げ込んだらしく、まるで姿を見せない。

「残念です。僕は猫が好きなんで。だけど、猫は子どもが苦手だからな」

実家で猫を飼っていた妹の夫君がそう言う。

「しかし、どこに隠れているのかな」

私は、実はすでにチャイが隠れている場所を発見していた。それは、旧式の洗濯機の下のわずかなスペースだったので、もしかしたら世田谷の私の部屋に隠れたときにも同じ場所にいたのかもしれない。

「さあ、どこ行ったんでしょうね」

隠れ場所はチャイと私だけの秘密なので、私が漏らすわけにはいかない。妹の夫君は、私の白々しい演技などきっと見抜いていたのだろうが。

妹は、大学で知り合った彼と卒業後、数年のうちに結婚した。父と母と私と妹の四人家族に、妹の夫君が加わり、順繰りに子どもたちも増えていった。妹のお腹が膨らんでいき、ある年には乳房を見せて授乳をしていた。

冬休みのたびに、変容していく家族は眩しかった。妹たちが帰ってしまうと、急に父と母と私の三人になり、しんみりとしてしまう。だんだんにみんな年をとり、家の中にまで白い雪が降り積もっていくような感覚だ。

けれどその年は、妹たちが帰っていくと、洗濯機の下からぬーっと顔を出し、両前脚を突っ張らせて伸びをするチャイがいた。床の埃をつけて現れたので、母がモップを手に追いかけていった。

チャイは、母がトレイに載せた缶入りのフードを慌てて食べて、食後は尻尾を巻きつけ、優雅な姿勢で段ボールの砂の上に座る。そんな仕種の一つ一つがなぜだか笑いを誘う。

私はほっとして、窓の外を眺める。

昔のように雪合戦や橇(そり)遊びをしている子どもたちの姿はほとんど見かけない。冬になるといつも足先に霜焼けを作っていた自分の子ども時代は、もう本当に遠い昔話のようだ。

外を歩く猫の姿が目に止まるようになったのも、チャイと暮らすようになったからだ。雪道を歩く猫らはよほど脚が冷たいのか、頭を下げ気味で、路面につけた脚をすぐに引き、またつけてはすぐに引きと、ぎこちなく進んでいく。

チャイ、雪国の猫は大変だね。と、いつの間にか横に並んだ猫の背を撫でながら、心の中で呟いている。

猫だけじゃなくて、学校へ行くにもデートに出かけるのだって、雪国の暮らしは大変なんだよ。重たいコートを着てマフラーをぐるぐる巻きにして、あんまり冷たいと霜焼けだってできるんだよ。

そんなときの猫は、まるでこちらの心も汲みとってくれているかのように寡黙だ。ただじっと黙って、目を輝かせ窓の外を見ている。一時はしぼんでしまったように見えていたチャイの背筋が、またきりっと伸びた。雪国に来たチャイは、おばあちゃんのカーディガンを脱ぎ去ってくれたのだ。

チャイのおかげで、その年の帰省は楽しくて仕方がなかった。いつまでたっても父や母に世話を焼かれる私は、半ば困りかけていたのだった。

チャイが洗濯機の下に隠れたり、階段を駆け上がったり、障子を破ってくれたりしたおかげで、父と母の私への世話の焼き方はちょうどよい加減になった。いつもはソファでうたた寝を始めると、いつの間にか毛布がかけられている按配だったが、その年はチャイと寄り添って眠っているのを、父と母が見守ってくれた。

帰りに空港まで送ってくれるときにも、いつも必要以上に早め早めに行動する父が、「だけど、チャイがまた長い時間、荷物室に閉じ込められるからさ」

と、私が言ってみると、それはそうだとばかりにぎりぎりまで出発を待ってくれた。帰りの空港では、チャイはたった一度だけ小さくみゃあと乾いた声で鳴いたが、それ以上は騒がなかった。空港のカウンターでは、キャリーバッグの中で、行きに見た白猫のようにおっとりと座っているのが見えた。まるで、もう大丈夫だよ、と告げているようだった。

雪道を必死に歩く猫らを、チャイも目にしたろうか。

札幌の実家にて

第6章 事件

三十五歳を過ぎて、私のそれまでの長かった恋愛は終わりを迎えた。

その人は、最後は本棚にあった二人分の本や、ラックに収めてあったCDを選り分けて、大きな鞄に詰めて部屋を出ていった。

それまでも一緒に住んでいたわけではなかったけれど、知らぬ間に荷物は増えていた。本はともかく、一緒に聴いてきたCDは二人のもののような気がしていたので、抜け跡だらけになったラックが、本当にこれでおしまいなのだと伝えているように思えた。

終わった理由はひと口には言いきれない。

その人が急に出ていって気配がどんどん薄れていくのを、チャイはどう感じていたのだろう。チャイはその人をお父さんと感じていたのか、それとも友達みたいに思っていたのかわからない。

けれど、その時期がチャイには試練だったのではないかと思う。

なぜなら、次に私の部屋にやって来るようになった人は、いつも強い香りの香水をつけていて、大きな音量でCDをかけ続け、夜にはけたたましいほど電話がかかってくる人だった。その上動物はみんな嫌いで、始終鏡を見て自分の姿にうっとりしているような風変わりな人だったからだ。

チャイは、はじめはその人とも仲良くしようとして、顔をあげて近づいていった。けれどかまってもくれないし、チャイにとっては最悪な香水の匂いがぷんぷんしていたのだろう。大音量も迷惑で、もしかしたら気の休まる暇がなかったかもしれない。

チャイだけではなかったのだ。それは私にも同じだった。理屈では嫌なところばかりの相手に惹かれていったのは、自分で自分を壊してしまいたいような衝動にかられていた時期だったからなのかもしれない。

この相手との喧嘩は、滑稽なほど壮絶を極めた。

私は箍（たが）が外れたようになり、部屋中のもの、冷蔵庫の中のたまご、そして自分自身も相手にぶつけていった。そばにいてほしいと願っているはずが、喧嘩をすると、一刻も早く出ていってほしいと思うようになる。どれだけ怒鳴ってもえへらえへらと居続けられ、頭にきて荷物を外にみんな放り出したのも一度や二度ではない。
あげくの果てには、自分の家なのに、そうだ、こっちが出ていけばよいのだという
ばかな思いつきに浮かれた。しばらくどこかのホテルにでも缶詰になろうと、女友達
に電話をして、ラップトップ型のパソコンや衣類などを運び出した。
そして、最後はチャイにキャリーバッグに入ってもらおうとするのだが、これがな
かなか……。
ある日事件は起きた。
いよいよ出ていこうとした私の名を、相手は低い声で呼んだ。
ふと顔をあげると、大きな手でチャイの首をつかんで立っていた。チャイの体を持
ちあげて、その体に机の上にさしてあった鋏の刃を向けていた。本当に切るつもりは
なかったのかもしれないが、私を脅すには十分だった。
私が立ち向かうより先に、チャイがその男の手を嚙んでいた。器用に身を捻り、思
いきり嚙んだらしく、男はうずくまった。
ばかな男はうずくまって、血の流れた手を押さえていた。チャイは、跳ぶうさぎの
ような姿で、部屋の片隅へと逃げ込んだ。

そうした時期を経て、チャイはせっかく持ち始めていた人間への信頼を頑なに閉ざしていった。

私の母や友人が来てくれるようなときにだけ出てくるけれど、あとは誰が来ようがまず身を隠した。一人暮らしの私の部屋には、何度かチャイの写真を撮ろうと来てくれたメディアの方々もあったが、チャイは私がそうした準備をしているだけで察知して隠れてしまった。

そうなるのはわかっているのに、私は懲りずに何度かは取材を受けた。チャイの写真を撮ってもらって、私が原稿を書いて、幾ばくかのお金をもらう。猫と暮らしている私自身を知ってもらう。猫を育てているいい人みたいな顔をする。チャイ、あんたと私でそうやって逞しく生きていくんだからね。私は自分で生きていくにも、そういう覚悟がいるような気がし始めていた。本気でそう思っていたというよりは、チャイとはそんなぎりぎりの命のつながりを感じてみたかったのかもしれない。

撮影が長期戦になりそうになると、私は北海道から送られてきた鮭を焼いて、おむすびを握った。鮭の誘惑にだけは打ち勝てないチャイを知っていたし、そんな話をしながらわざわざ撮影に来てくれた人たちと車座になっておむすびを頬ばっていると、北海道で過ごした子ども時代を思い出した。

鮭ではなくジンギスカンだったが、お客さんが来ると、父と母が床一面に新聞紙を敷いて、よくジンギスカンを始めた。私はあまりラムの味が好きでなかったが、子どもたちの前に母が並べてくれるぴかぴかの白むすびが好きだった。

三十代になっても家族のいない私にとっては、自分でおむすびを握って車座になって食べる光景は、どこか懐かしいように感じられたのだ。

私のたった一人の家族であるチャイは、撮影された写真においては、いつも怯えたような目をしており、たまには鮭に忍び足で近づいてくる泥棒のようなポーズをとっている。無理矢理抱き上げたようなときには尻尾が狸のように膨らんで、記事を見た読者の方から動物が緊張している証拠です、と手紙をいただいた覚えもある。

もちろん、わかっていますよ、というのが偽らざる私の心境だった。チャイが取材を嫌がっていたのも、知っている。私のせいで、人間不信がどんどん募っていた時期なのもわかっている。

それでいいよ、チャイ。私は、チャイに心の中でよくそう呼びかけていた。誰も信じなくていいよ。ただ、強くなってもらうしかないみたいだよ、と。

撮影の方々が、いやあ、人見知りの猫にも慣れているつもりでしたが、こちらの猫は最強でした、などと「誉め言葉」を残して帰っていく。

彼らが這々の体で帰っていくと、チャイはリビングの中央まで出てきて、決まって前脚を目一杯伸ばして、見るからに気持ちよさそうな伸びをした。

焼いた鮭を、今度はゆっくり食べられるように、小皿にほぐしてやった。小骨を外したり、焦げた皮の部分をはがしてやりながら、また二人きりの静かな時間が戻ってきたと私は感じた。

二人でいると、日だまりの中にいるかのようだった。日だまりは温かく、長閑で、けれどその頃の私には無性に寂しい場所に思えた。心の中が燃えるように、たえず新しい相手との出会いを求めていた。恋がしたかったというよりも、内省的な時間からできるだけ遠ざかり、ばか騒ぎしたり酔っぱらったり、ただそんな時間ばかり求めていたのだ。


甘えて膝に乗ってきたチャイを、私はちゃんと受けとめていたのだろうか。ばかな男の手を噛んだ勇敢なチャイの姿を思い出しては、背中の毛を撫でてやる。

一緒に生きているというよりは、一緒に生き延びている毎日。同じベッドで目が覚めると、ああ今日もチャイも私も生きていたなと感じた。

新しい出会いももうこりごりで、いよいよチャイと二人きりで本当に静かに生きていこうと思うようになるまで、私はもう一度、人を好きになる。今度は自分よりずっと年若い、街の不良だった。

人懐っこい感じがして、チャイもこの人にはよく懐いた。

チャイに子どもを産ませないか？　そうしたら、俺、子猫を育てるよ。

まるで自分にプロポーズをされているように、切ない言葉だった。チャイは手術を受けてしまって、もう母猫にはなれないのだと伝えると、彼の表情から人懐っこい笑顔が引いていった。

子猫という響き。なんて甘やかなのだろう。

チャイの子猫。きじ虎柄の、子猫。

彼は私とは喧嘩はしなかったが、時折街のどこかで相撲でもとるのか、腕に包帯をぐるぐる巻きにしてやって来た。炊きたてのご飯で大きなおむすびを作ると、喜んで頬ばってくれた。

チャイは包帯や傷跡は怖がらなかった。

生き物は、人が食べるところをよく見ている。自分も食べたいからなのかもしれないし、何を食べているのか気になるみたいだ。食べ物の匂いを嗅ごうと近づいていく。大きなおにぎりをおいしそうに食べるような人間は、チャイの不信感を取り払うというのは発見だった。

それでも、また長くは続かなかった。

幾つかの下手くそな恋が打ち上がっては夜の闇に消えていき、残り火が時折ぷすっと赤く光る。

私には、猫と暮らす女友達が増えていき、集まるとそれぞれが猫自慢を始める。

うちの雄猫は汚れのない無垢な白猫、とある年上の女友達は言った。

うちの雌猫はちょっとおばかさんで性格もきつい、と年下の女友達はそれも自慢のように言った。

別の友人は、マンションの部屋に迷い込んだ体の小さな猫の面倒を看始めた。病院に連れていくと猫エイズだと言われ愕然とするのだが、結局最期を看取り、墓に収めた。

私は人前でチャイについて話すとき、チャイの美徳は無口なことだと思うにいたった。私を通じていろいろな人間の一面や嫌なところも見てきたはずなのに、何も言わないのはもちろん、いつも両脚に長い尻尾を巻きつけて楚々として立ち、何に対しても知らぬふりをしている。

年上の女友達は自分の雄猫を無垢だと表現したけれど、私はチャイをなかなかに肝の据わった雌猫だと感じた。いろいろ知っているのに、何も知らないふりをして、今もなお窓辺にやって来る黒猫を待っているのだ。

うちの猫は……、私が言葉を選んでいると、件(くだん)の年上の女友達はこう言った。

「あなたのところの猫はあなたと同じ、雌猫なのよ。女子校だったら、スカートの裾を切られているタイプよ」

お互いに言いたい放題言い合って、それぞれの猫が太っただの、弱っただのと心配をして、おしゃべりをしている時間は楽しい限りだ。

誰にもまだ子どもはなく、もしもこれが子どもの話なら、どうなっているのだろうと考える。

「あなたのところのお子さんはあなたと同じ、雌なのよ。女子校だったら、スカートの裾を切られているタイプよ」って、それはまあ洒落にはなりませんわな。

うちの子は、ちょっとおばかさんで性格もきついっていうのも、明らかに言いすぎだ。

猫だから、こんなに無責任でいられて気楽なのだが、誰の中にも、本当の子どもを育ててみたいという思いがよぎるときはあったかもしれない。でも、それは誰も口にしなかった。

ひな祭りだといっては集まり、クリスマスイブだといっては集まり、秋田からきりたんぽセットが届いたという日には皆で台所で大騒動になり、やがてそれぞれの家に留守番させている猫たちの自慢話になり、深夜になるとめいめいが猫の待つ家へと帰っていく。

そうだ、うちのチャイ、お腹が空いているかもしれない。缶詰を買うのを忘れちゃった。そう言って、友人の家から猫の缶詰をお土産に持ち帰った日、私は子どもの頃に酔った父親が寿司折を手に帰ってきた日を思い出した。

年上の女友達は、私がある日たくさん花をもらって帰ってきたので少し分けて渡そうとすると、こう言った。

「じゃあ、うちの子のサラダにするね」

猫たちには、それぞれ不思議な人間がついている。チャイと私の二人だけの関係ではなくて、チャイと他の人、他の猫と人間、いろいろなつながりを考えさせられる時間を通して、私は当時自分を包んでいた、猫たちなら何なく乗り越えていくようなちっぽけな寂しさを忘れていった。

第7章　彼と犬

恋愛に、学習はありえるのだろうか。

自分の欠点は痩せぎすで色が黒く、髪の毛が多い。物事をよく知らないくせに、知ったかぶりをする。他にもいろいろあろうが、そんな自分の至らなさはわかっているつもりだった。

あるとき仕事でご一緒した方は愛妻家で、ご自身の奥さんは隅々まで好みのタイプなのだとおっしゃった。どんなタイプが好きかと言えば、ぺちゃぱいで賢い人なのだそうだ。奥様のお胸を拝見したわけではないが、芸術大学をご卒業の才媛であるのは間違いがない。なにも胸はどうでもよいかに思えるのだが、人の好みはいろいろなのである。

特にその、ぺちゃぱいという懐かしい響きについてである。

私は物心ついたときから、やけに薄っぺらな体だった。

チャイも巻き込む呆れた恋愛の果てに、いずれも失敗ばかり繰り返した時期、何度か恋愛につまずいた後に、雄猫の飼い主である女友達からはこう言われた。

「どうしてそんなに相手を疑うの？　わかったわ、あなたって胸がないから自信がないのね」

そんな風にきっぱり言い切ってくれる女友達は、最高の存在だ。彼女の大きな胸は形がよく、下着に包まれていても本当にきれいだ。よく一緒に旅をしたが、温泉でふざけて触り合ったり、互いの洋服を取り替えてみたりした。

胸の薄い私は幾つかの手痛い失恋をしたが、胸の豊かな彼女だって、すべてうまくいっていたわけではないのだ。だから、彼女が言ってくれたひと言は、私にもよく染みた。

雌猫は羨ましい存在だ。いつまでたっても毛は柔らかく、チャイの胸はもともと八つ、あちらこちらにぽつぽつ尖っているだけだ。避妊手術をしたから下半身が太り始めていたが、顔に皺が寄るわけでもない。獣医さんでも、猫の年齢は歯を見ないとわからないという。猫同士はわかるのだろうか。窓辺に来る黒猫は、おい、おまえも年をとったな、とか嫌味の一つも言っただろうか。

窓辺に立つチャイは、相変わらず両脚に尻尾を巻きつけて、夜になると瞳を怖いくらいに美しく輝かせた。網戸から風を受け、時には月明かりを見上げて、瞳に夜の光を反射させた。チャイは年頃なのだと、私に思わせた。

その時期私が好きだったものは、夜の高速道路を走り去る車のライト、道路のアスファルトに埋め込まれたガラス質の輝き、そして夜中のチャイの瞳だった。

私は三十代半ばになり、大きな事故や怪我もなく仕事を続けられた分、時折ホテルの部屋を借りて仕事をする楽しみも覚えた。原稿を書いて、プールで泳ぎ、少し眠り、また書いては眠る。もちろん、チャイと一緒だ。いつもは摂る習慣がない朝食もしっかり食べて、少し健康を取り戻した気になって帰ってくる。チャイは見知らぬ部屋の窓から、音も立てずにじっと外を眺めている。眺め飽くと膝を折って座り、丸くなって眠る。

少しだけ料金を多く払えば、チャイも一緒に泊めてくれる部屋はあった。キャリーバッグに詰め込まれて出かけるのにも、ずいぶん慣れたようだ。私は車の助手席にケースを置き、シートベルトをくくりつけ、よく一緒に出かけた。チャイは別にうれしくはなかったろうし、どこへ行ったっておいしい料理にもありつけないわけだが、私の〝旅慣れた猫〟は、案外どの部屋でも寛いでいて、窓辺の風景を首の角度を変えては、眺めていたような気がする。耳をぴんと立てて、聞こえないはずの風の音を探しているようにも見えた。

私はそんな日々にずいぶん親しみ始めた。新しい人たちとの出会いをどれだけ求めたところで、もはや私の薄い胸には迫力がないのだし、夜な夜な遊びに出かけても寂しさは薄れるどころか深まるばかりだ。こんなときこそ自分を見つめて原稿を書き、時折、どうしても部屋の中で孤独で押しつぶされそうに感じるとき、チャイを連れて旅に出よう。一人でではなく、チャイと一緒に出かけよう。

そう思えるようになると、なんだか清々しく感じられた。それまでの、旅に出る際の罪の意識は消えていき、旅の道行きも戻って荷解きするときにも共有しているチャイとの時間が、絆を強めていくように思えた。ホテルから駐車場への道に桜の花が咲いていると、立ち止まってキャリーバッグの隙間から見せてやった。植え込みの陰に野良猫がいると言っては話しかけ、塀の上を優雅に歩いている猫を教えた。なんでも、人間の言葉で伝えた。友達と話すときと同じように、短くぽそっと伝えた。通じているとは思えなかったが、チャイは、私の声のトーンで心模様を計るのか、掠れたような甘い声で小さく返事をした。夏や冬と違って、春ばかりは甘やかな花の香りを感じるのか、チャイも幾分高い声で話すように鳴いた。

自分の中で荒ぶっていたものが鎮まって、チャイとのどこか退屈で静かな時間こそが愛おしいと思えるようになり始めた。生活をしみじみ愛する気持ちが、急に少しだけわかるようになったのかもしれないが、それにはどうにも家の中が散らかっているのも気になっていた。

何しろ玄関には無数の靴を収めた靴箱が堆く積んである。昔から靴が好きで、気に入ると色違いで何足も買ってしまい、一度も履いていない靴も少なくない。

戸棚を開けると、変な模様のマグカップばかりぞろぞろ出てくる。やけに大きくて厚地のもの、ハワイで見つけたサルの絵のもの。旅先でもどこでも、楽しいマグカップを見つけるとすぐに買ってしまい、仕事のときに気に入ったものをパソコンのそばに置いていた。

ハンカチは、レースや刺繍のものをたくさん買うのに自分でアイロンをかける習慣がなく、呆れたことにすべてクリーニング店に頼んでいた。Tシャツすらもクリーニングできれいにプレスしてもらって、車も、出かけるつど洗車していたのは、半ば神経症の現れだった。

世田谷の下馬という町に住んでいたのだが、ご近所の個人商店の方々には、不思議な独身女性に見えていたかもしれない。たいてい家にいるのに、なんでもクリーニングに出すし、しょっちゅう美容院へ行く。時々猫を連れて出かけていく。最近は、相手はなく一人みたいだ……。小さな町だったので、それくらいは目についていたかもしれない。

　この頃マンションの二階の弁護士の女性が、いつも私を怒っていた。夜遅くにハイヒールの音が響いたり、音楽が響いてくる点についてだった。ある日抗議を受けた。「人間は夜の十時に寝て、朝は六時に起きる生活をするのが基本です」。音楽がそんなに響くのはおかしいと訝っていたら、二階の住居では、カーペット敷だった部屋の床をフローリングに替えており、建築業者が調べたら基準以下の建材を使っていたのもわかった。迷惑をかけるつもりはなかったが、いろいろ人生観が合わない組み合わせで集合住宅の上と下に暮らしていたわけだ。

　だが、一番聞こえていたのではないかと思うチャイの鳴き声について、彼女は一言も触れなかった。私も、上から響いてくる赤ちゃんの声がうるさいとは思わなかった。本当は赤ちゃんの声というのはこんなによく響くのだろうかと驚いていたのだが、実は時折二階から響くその声に、チャイはよく返事をしていた。返事なのか、なだめているのか、怒っているのか、とにかくチャイは二階の赤ちゃんが泣くと、立ち上がって上の方を見上げて、自分もにゃあっと鳴いた。

女友達と夜遊びに出かけるのは、久しぶりだった。お台場にできたばかりの小さなステージで、知り合いがＤＪをする。開始時刻はなんと深夜の十二時だ。チャイは久しぶりの留守番だった。

一緒に連れ立った女友達は長身の帰国子女で、同じように長身の妹と二人で暮らしている。

もう着飾る気にもならなかった。シンプルなノースリーブのワンピースに、ブーツ姿。誘われたので、ちょっと顔を出すつもりで、何の気なしに出かけたクラブイベントだった。

その会場に、一人で来て居心地悪そうにぽつんと座っている人がいた。そばに白いフルフェイスのヘルメットがあったので、オートバイで来たらしいとわかった。話し始めると、妙に気が合って、背の高い友人はその場を去ってしまった。

相手は千葉で生まれ育って、実家には犬がいる。二人兄弟の弟の方だ。年はずいぶん下みたいに見えた。私はといえば、二人姉妹の姉の方。友人にも長女が多く、いつだったかみんなで温泉へ行って、主張の強い長女同士、大喧嘩になったことがある。

次男だと聞いて、なんとなく平和な感じがした。たれ目で優しそうな顔にも見えた。

ふたを開けてみると、年齢が一回り以上も違っていたのだから、相手がどう思っていたのかは知らないが、付き合いはゆっくり始まって、食事や映画に行くというきちんとしたデートをするようになった。

彼が私の部屋に来たのは、そうした時間を経た後だ。

やって来てソファに静かに座ると、チャイは寄っていって顔を見上げた。いきなり、彼の膝に飛び乗った。体を丸めて、澄まして座ってみせた。

やはり、平和な感じがした。

チャイも、楚々として見えた。

同じ部屋で別の相手に向かって、そこいら中にあるものを投げつけた私、空っぽになったCDラックの前で呆然としていた私、もっと遡ると、一人の夜にがくがくと震えて病院へ駆け込んだ自分も、チャイはみんな知っているはずなのに、素知らぬふりをして、初々しく挨拶をしているように見えた。まるで、同居人である私の分まで、がんばってよく見せようとしているかのように。

彼は、自分では特別犬も猫も好きではないけれど、案外動物に好かれるたちだと静かに話した。どちらかというと犬が好きなんだけど、とも率直に付け加えた。

平和な上に何かと率直なので、私には一々小さな驚きがあった。チャイに対して、まるで構えた感じがなく、私の猫への気配りもなく、ただの見知らぬ猫に膝に乗られて普通にしていた。

いや、チャイよりも私についての心配事が彼にはいろいろあったようだった。部屋の入り口を塞ぎかけている靴箱の量、小さなベランダをこんもりと覆っているシラカシの樹の枯れ葉、〝見知らぬ猫〟がぼろぼろにしたソファカバー、私の食べかけだった奇妙なスープ、有り合わせの食材をまとめて放り入れたようなそのスープの味などに、この人はタフな人だと感じたという。それで、「想像していたよりは純粋な人に思えた」と後に友人たちに、またも率直にそう話したのだが。

彼が通ううちに私の部屋には、ちょっとしたシューズクローゼットができ、庭の落ち葉は片付き地面が掃かれているようになり、表面が傷だらけだったコーヒーテーブルは、ゼブラ柄にペイントされた。

ある日私が首輪とリードを買ってきて、チャイに結んで散歩へ行こうと言い出し、一緒に近くの世田谷公園へ出かけた。夕方になると犬の散歩をする人たちで賑わうヒマラヤ杉の木立が見事な場所だ。旅にも慣れたチャイは、きっと公園を散歩するだろう。散歩まではしなくても、あんなに外に出たがっていたのだから、風にあたって他の猫や犬の姿をじっと眺めるのではないかと期待したのだが、キャリーバッグから出したとたんにチャイは明らかにパニックを起こし身を低くして隠れ場所を探し、車のペダルの下に潜り込んでしまった。

　幕張にあった彼の部屋と私の部屋を行き来するのにも、チャイをよく車に乗せたが、車内でケースから出そうとすると毎回同じ状態になった。ブレーキやアクセルペダルの下に入ろうとする。

　だったら彼の部屋も嫌かというと、そうではなかった。その部屋の窓からは、幕張の埋め立ての海が見えた。水面が穏やかな日もあれば、強烈な陽射しを照り返す日、台風で白波の立つ日もあった。湾を出入りする船も見える。チャイは、その窓からの景色も好きでよく眺めていた。

　彼とも気が合っていたのだろう。房総ではポピーという花が咲く。丸くて固いつぼみがぽんと音を立てて弾け花弁が開く。

　仕事で房総へ出かけた彼は、チャイにと言ってその固いつぼみを買い帰ってくれた。花瓶にさす。何色の花が咲くか楽しみだなどと言い合っていたら、チャイが、いきなりそのつぼみをぱくっと食べた。口には含んでみたが、いがいがが口内に刺さったのだろう。目を白黒させていたのは、おかしかった。

　彼の実家では、犬を紹介された。

生まれてはじめて犬の散歩をさせてもらった。シーズー犬にリードをつけて、近所を歩いた。人間が散歩コースを決めるものとばかり思っていたのだが、連れていってくれたのは犬の方だった。

そう大きくもない体でリードをぐいぐい引っ張って、角を曲がるたびに、電柱に例の立ち小便を少しだけ引っ掛けて進んでいく。まっしぐらに公園へ向かうものかと思っていたら、道の先々に犬の友達がいるらしくて、門の前に停まっては、全身を踏ん張ってワンと吠える。中からいろいろな声が返ってくる。すぐに柵越しに姿を現してくれる犬もいれば、部屋の内側で飛び上がらんばかりに窓から顔を出して吠えている犬もいる。

あちらこちらで友達に挨拶をし、シーズー犬は公園までたどり着いた。緑の草の上を少し走った。そこには大型犬が堂々と遊んでおり、飼い主とフリスビーなどをしており、シーズー犬はしばらくそちらの様子を眺めていたが、もう気が済んだようだった。

帰りはすっかり疲れてしまったらしく、彼の両腕に抱かれた。

「もうさ、帰りは急に歩けなくなるらしいよ」

彼は、いつものことだとばかりにそう言った。

「ずるいじゃんよ」

私はその髭を引っ張りながら、犬もいいものだなと思ったのだ。

千葉の住宅街の風景はどこか長閑(のどか)で、夕刻になると家々の屋根が茜色にゆっくりと染まっていく。疲れて歩けなくなった犬の呼吸がだんだんに鎮まり、休んでいいんだよと伝えてくれているように思えた。

第8章　始まりの点

二〇〇一年の五月に、私は両親の籍から外れ新しい籍に入った。千葉の検見川という古い街に生まれ育った結婚相手は、私よりも十三年も遅く生まれてきた若い人だった。

二人の間に赤ちゃんを授かったと知ったのはその年のはじめだ。当初は籍についての考えがなかった。両方の親たちに認めてもらい近しい友人たちにも報告をし、少しずつ膨らんでいく体に戸惑いながら、それまで通りの日々を過ごしていた。そうだ、驚くほど何も変わらぬ日々だったのだ。毎日深夜に原稿を書き、昼間はチャイと一緒に寝ている。少しだけ違ったのは、やけに肉が食べたくなって、彼がやって来ると、寝起きであってもじゅうっと脂の焦げる音を立て、肉を焼く。

「何してんの？」

ずいぶん威勢のいい音に目を覚まし、彼はまるで恐ろしい生き物でも見るように私を眺めていた。

「おなか、空かない？」

自分でもよく肉を焼いたし、一緒のときには外へも食べに連れだしてもらった。女友達も、遠慮なくそれまで通り訪ねたり誘い出してくれて、会うと結局夜更かしする。

当時はよく登山をしたし、母は、私のお気楽さに何かと心を痛めていた。平気でハイヒールを履き続けているのも、スポーツカーを運転しているのも見ていられなかったようだが、ある日私の部屋に泊まりにきていた母の前で、いつものようにウエストを捻るような体操を気休めに始めると、

「もうお願いだからやめてちょうだい。そんなことしたら赤ちゃんが」

懇願するかのような口調だった。そして、横にいるチャイの背中を撫でながら、こう言った。

「それに、籍だって同じにすればいいのに。あなただって赤ちゃんだってチャイだってみんな同じ名字になったらいいんだよね」

チャイも同じ名字になる。母のそのひと言が、やけに印象に残った。

そういえば以前、動物病院でもらった診察券には、「谷村チャイ」と書いてあった。漢字の名字にカタカナの猫の名前は当然ミスマッチなのだが、どうやらカルテにも正式にそのように記されるらしい。

みんなが同じ名字になる。病院へ行ったときも、同じ名で呼ばれる。なんだかそれは温かいことのように、ふと思えたが、彼はどう言うだろう。

それから程なくして、夫と私でさいたま市にある病院に、手術を終えた友人の見舞いに出かける機会があった。日頃から見事な友人の黒髪は、入院中も艶やかだった。すぐそばに、ご主人が静かに寄り添っていた。思いのほか元気そうな姿に安心し、帰りの運転を彼に託した。首都高速道路の五号の池袋線のカーブを曲がっていると、夕暮れが始まった。

「ねえ、やっぱりさ、入籍する？」

助手席に深く腰かけ、ぶっきらぼうにそう言い出したのは、私の方だった。

「だろう？」

相手の返事は、わずか三文字だった。私の頭の中に、音というよりもその三つの文字が印字されていくようで笑ってしまった。

今思い返しても不思議なのだ。しない、とか、嫌だと言って拒絶される可能性は考えていなかった。ただ、どう思う？　と訊ねたんだから、俺もそれがいいと思うとか、だったらいつがいいかとか、そういう話になると想像していたのに、現実はたったの三文字だった。

部屋に戻ってから、すでに札幌に帰っていた母に電話した。

「あのね、同じ名字になることにしたよ。チャイもみんな、同じになる」

「でしょう？　よかったわぁ」

電話の向こうの母も、彼とほとんど同じ台詞をそう口にして、安堵しているようにため息をついた。夫も母も、そう思っていたなら早く言ってくれたらよかったのに。自分はそんなに頑固ではないと思うのだが。

入籍してもなお二人は幕張と下馬の二つの部屋を行ったり来たりしていた。私はぎりぎりまで原稿を書き、病院のベッドにまで当時完成が間近だった『レッスンズ』という長編小説の校正刷りを持ち込んでいた。感受性の強い少女とその家庭教師が主人公であるその小説に、出産後も同じ気持ちで向き合えるのかどうか、一番予想がつかなかったのが自分自身だったので、必ず手直しまで終えておきたいと強く思った作品だった。

娘は十一月十一日、一が四つも並ぶ日に元気に生まれてきた。秋晴れに恵まれた。

深く澄んだ青空が、赤坂の病院からも遠くまで見渡せる本当に気持ちのいい一日だった。

生まれたという報告を聞きつけて、友人たちが、次々と娘に会いにきてくれた。夫も、仕事が終わると毎日ネクタイを外して駆けつけ、赤ん坊の隣に寝転がった。

娘が毎日飲むミルクの量や、体重の変化が記録されていく。産着の着せ方や、おむつの替え方、お湯浴(ゆあ)みのやり方も教えられる。

赤ん坊が生まれると特別神経質になる人もいるのは、容易に想像できるが、私は、むしろのんびりしすぎていたかもしれない。

けれど、自分では大丈夫だという気がしていた。チャイだって、言葉も通じないのに必死に一緒に育ってくれたのだ。娘には医師も看護師さんもいて、こんなに厚く援軍がついていて、嫌なことは泣いて訴える力を生まれたときから身につけている。

つつがなく入院の日程を終え、赤ん坊とはじめて外の世界へと踏み出した。夫の運転する車で下馬の部屋へ寄り、チャイと合流して幕張へ移動すると決めていた。そこからはじめて家族揃っての生活ができるように、夫がいろいろなものの準備を整えてくれていた。私のパソコンの大移動も終わっていたし、チャイのトイレだってちゃんとある。

娘が腕の中で静かに眠っているというのに、通い慣れた下馬への道を進んでいきながら、私は急に、それまでの、のんびりした気分が不安へと変わっていくのを覚えた。

「チャイさ、大丈夫かな。ちゃんと一緒に行けるよね？」

部屋には札幌から母が上京してチャイの世話をしてくれていたはずなのだが、夜に黒々と光るチャイの瞳を思い出すと胸がつまった。

「大丈夫だよ。心配することないでしょう」

そのとき、ちょっとした口論になったような気がする。そんな無責任な台詞はないような気がしてきた。

そのくらい突如、不安がふくらんでしまったのだ。

母とは、入院前から打ち合わせをしてあった。両開きのファスナーを片方だけ開いたキャリーバッグを、チャイの見えないところに縦に置いておく。車が到着したら、私と赤ん坊で中へ入り、母が赤ん坊を受け取る。そして、私がチャイをバッグに入れて、連れ帰る。

だが、そう思惑どおりには進まない。赤ん坊を抱いた母はいつもにない甲高い裏声になりチャイを驚かせたし、その見知らぬ存在に気づいたチャイは、一目散に寝室の荷物置き場の裏側に逃げ込んでしまった。

私一人、チャイのいる寝室へ入って、扉を閉めた。

寝たふりをして体をベッドに横たえても、名前を呼んでも、チャイは頑(かたく)なに姿を現さなかった。

その代わりというように、チャイは鳴き続けた。まるで、抗議するみたいに。喉を鳴らして、高い声で鳴き続けた。

そのうち、赤ん坊が目を覚まし、ソファに座った母の腕の中でぐずり始めた。

外で車を停めて待っていた夫は、しびれを切らし、やって来た。

「一旦、帰るしかないよ。チャイはまた迎えにこよう」

「そんなのできないよ」

部屋の扉越しに私は言い張った。

夫はため息をつき、気がすむまで待とうと決めたのだろうか。あのときもし母が強い口調で言わなかったら、私はどうしていただろう。あれが、始まりの点だった。チャイと赤ん坊と夫と私の四人で一緒にやっていくための始まりだったような気がしている。

「チャイは大丈夫なの。わかるでしょう？　だけど、赤ちゃんはまだ生まれたてで、何にも待てないの。これから千葉まで行くんだし、早く寝かせてあげなきゃ。あなたがお母さんなのよ」

　珍しく母は強い口調でそう言った。

　その晩、私は一人で幕張から下馬まで車を運転してチャイを迎えにきた。

　チャイは、案外素直にキャリーバッグに入ってくれた。窓を開けて、冷たい風を一緒に受けた。黒猫ロックにお別れを言いたかったのだが、しばらく待っても、ドライフードをこんもり置いてみても来てくれなかった。チャイと私だけでその部屋で過ごすことは、これからはもうないのかなと思うと、やはりさきほどの時間が区切りの点だったのだと思えた。

　首都高速道路から湾岸に乗って幕張インターで降りる。まだ独身だった頃は、チャイを乗せた車を私が運転し、夫がその後ろから大型のオートバイを飛ばして追いかけてきた。ふざけてウィリーというのをして、驚かされたこともある。そんな彼だって、まだたったの二十六歳で、お父さんになったのだ。

　母の言う通りだ。帰らなければいけない。

　いつまでも下馬にチャイと二人でいるわけにはいかない。赤ん坊と離れていると、しだいに乳房が張ってくるのも身をもって知った。私の体が発し始めた甘いような匂い。チャイはどう感じていたのだろう。

幕張に連れてこられたチャイは、いつものように入念に部屋のあちらこちらをチェックして、ついに赤ん坊のいるベビーベッドを見つけた。専門の業者からレンタルした白いベッドの上には、すでにいただき物のお飾りがたくさんぶら下がっている。

チャイはそれらをじっと見上げ、ベッドの隙間から赤ん坊を見つめ、急に背を向けた。何とも言いようのない憮然とした表情で立っていたのを、私は思わずそばにあったカメラで写真に写している。その頃からチャイは、毎日のように同じ場所で同じポーズで同じ表情をして立つようになった。

それでも幾人かに心配されたような、赤ちゃんの上に乗ったり、口の周りを舐めたり齧ったり、そんなことは一度もしなかった。

チャイは深夜になるとこれまで通り、遊ぼうという具合に私のところに鈴の鳴る玩具を持ってやって来た。遊んであげたい気持ちは山々だったが、連夜赤ん坊に小刻みに起こされ、それが叶えられた日はほとんどなかった。

いつだったか雑誌の取材で、私にとって猫はどんな存在かという質問を受けた。いや、違った。チャイにとってあなたはどんな存在だと思うかと問われたのだ。なので、少し考えて、私は真顔で「ベスト・フレンドです」と、答えた。真剣にそう思っていたわけだが、深夜に赤ん坊に授乳する私の真ん前で、わざわざ背中を向けているチャイを見ているうちに、チャイにとっても私はお母さんだったのかな、という気がしてきた。だんだん冬の寒さが押し寄せて、寝室にはストーブを焚く季節になった。

赤ん坊を抱く私とストーブの間で、チャイが背中を向けて立ち、ある日ふと見るとチャイの鼻先が真っ赤になっていて、夫を起こして、チャイを抱きしめてもらった。

「チャイ、おまえ、熱いぞ」

その声すらも、新米の母には子守唄に聞こえ、眠ってしまった。

第9章　距離

十一月に、赤ん坊が生まれた。そのときはじめて、自分の乳房をその小さな口にふくんでもらうという体験をした。やはりなんとも言えない、生理的に心地よさのある得難い時間であるのを覚えた。

私の入院した病院では、母乳に対する考え方は緩やかだった。はじめから哺乳瓶や粉ミルクも用意されていたし、もっと言うなら生まれてすぐから娘の口には大きなおしゃぶりが含ませられていた。

「おしゃぶり、可愛い」

と言ってくれたのは、赤ちゃん好きの友人で、可愛いかどうかはわからないけれど、一所懸命ちゅぱちゅぱしている姿は赤ちゃんらしいので、私はほしがる限り与えた。

生まれてひと月目には、以前から計画されていた旭川への旅に出た。三浦綾子さんの『氷点』の舞台を歩くというドキュメンタリー番組の企画で、約束がすんでいた。なので産んでからすぐに私が読み始めたのは、少女期に読んだ『氷点』をはじめとした、三浦さんの、一作ずつに重たい主題の宿る作品群だった。もっとも驚かされたのは、読む自分の視点が変わろうとしていたことだ。『氷点』では、哀しい生い立ちを背負った陽子よりも、美しく成長する娘への屈折した感情を見せる夏枝へも、思い入れをもって読むようになっていたのが不思議だった。

旅の準備は唯一、本を読むこと。ありがたい旅だったが、一番戸惑ったのは、母乳の問題だった。

スタッフにはそんな告白をするべくもなかったのだが、羽田から旭川までの機内ですでに膨らんだ胸は硬く重たい違和感を伝えてくる。旭川では休憩時間が与えられるたびに、トイレで胸に手を当て、タオルに含ませていった。

母乳をうまくあげられない時間が続くと、固まってしまった乳房は熱を持ち時には炎症を起こす。これを自力でほぐすのは、痛みを伴うし至難の業だ。けれど、赤ん坊はただ口に含むだけでこの凝りのようなものを上手にほぐしてくれる。

赤ん坊との距離を保ち続けていたチャイが、私が母乳をあげているようなときだけ、静かに近づいてくるようになっていた。

何してんの？　と覗いている風だった。同じ動物の雌としては、共感を覚える行動だったに違いない。なんとなく知っている、自分が赤ん坊だったときのかすかな記憶、または猫の仲間たちがおっぱいをあげているのを見た覚えもあったろうか。

そばに来て、声にもならないようなにゃあという掠れ声をあげて、前脚を折って、近くに静かに座る。はじめはベビーベッドにいる赤ん坊すら遠巻きにしか眺めなかったはずなのに、少しずつ近づいている。ソファに寝ている娘をおそるおそる覗き込む。急に泣き出されると、驚いて尾を立てて逃げ出すが、どこか心配そうに振り返る。

私の旅は、続いていた。例の、あなたは胸がないからと言ってくれた先輩とも、仕事で短い旅に出た。やはり以前から決まっていた約束だった。

彼女には正直に、胸が張って仕方がない状態を伝えた。衣服の下で大きく膨らんだ胸を少し自慢したかったのかもしれないし、現実問題としては移動中に何度かタオルに含ませる休憩時間が必要だったからだ。

「ねえ、あなた。その母乳、飲んでみた？」

機内で隣り合った席で、彼女が訊いてきた。

「飲んではいないけど、なんていうか意外な味だよ。甘いような塩っぱいような、それでいて少し生臭いのよ。とてもカフェオレにはできない感じ。ちょっと舐めてみたの」

　私の返事にふーんと鼻を鳴らすと、こう続けた。

「私、一度飲んでみたいわ」

　私は機内で飲んでいたコーヒーを吹き出してしまった。

「真剣に言ってる？」

「あなたにしか、こんなこと頼めないもの」

　私は出産のときに、夫以外に彼女にも立ちあってもらおうとしていた。病院では、どうしても許してもらえなかったのだが。

「じゃ、夜に部屋に来て」

　男女の秘め事のような約束を交わし、果たして約束は実行された。もちろん赤ん坊とは違ってコップに少し。

「感動したわ」

　と言った彼女の低い声。時々思い出す友人との短いやり取りの一つだ。

　人間の胸には通常二つ、猫には八つほどの乳首がついている。不思議なことに、個体によって必ずしも八つとは限らないらしい。

　まだ独身だった頃に、私はチャイの体を床に組み伏せ、ヒョウ柄のふかふかの毛に覆われたお腹を丹念に調べてみた覚えがある。乳房は八つ。小さなイボくらいだ。そして、二列につながる乳首の真ん中より下辺りにおへそが一つ。自宅で雌猫に出産させた人が言うには、人間にはとても見つけられないような小さな乳首に、生まれたての裸のねずみのような子猫たちが群がるのだそうだ。死闘とも言える難産の末、産み終えた子猫たちに、母猫はすぐに体を横たえて母乳を与える。それでも、どこからも力みが消えた母猫の姿は、妙に安らいで誇り高く見えるらしい。

それを話してくれたのは、一時ずいぶんと問題児だったという男友達だ。彼は、その光景を見てから、グレるのをやめたそうだ。お母さんは大変なんだ、そう思ったからだとか。

チャイは相変わらずぬいぐるみの子育てを続けていた。幕張の部屋で育てていたのは、私が臨月に入ったときに、友人が急に思い立って買ってくれた、赤い耳の垂れた犬のぬいぐるみだった。

幕張の部屋には、チャイが連れ歩く赤い耳の犬と、鈴のついたおもちゃがあちらこちらに運ばれていった。それを見ると、夫がチャイの名前を呼んで膝に載せて爪を切ったり、ブラシをかけたりしてくれた。毛玉を丸めると、フェルト玉くらいになっていたから、ずいぶん放ったらかしていたのに気づかされた。

「こんなにあったよ」

と言うだけで、夫は決して責めてこない。夫という人は私を責めたためしがない。

そうか、と毛玉を手のひらにのせて、ようやく私は気づく。何をしても後から気づく。お母さんになるのは忙しいことなんだと思う。しなければならないことが、たくさんある。それらは、みんな家の中にある。旅はそろそろ終わりだ。なぜ今頃気づくのだろう。生まれる前じゃなかったのだろう……。


三月は、一応初節句を祝った。ひな人形も用意した。

で、これを一番喜んで遊び場にしたのはチャイだった。階段のない家にできた、とても登りやすい楽しいステップ。肉球に優しい毛氈（もうせん）まで敷かれている。

一番気に入った場所は、最上段にいるおひな様の十二単の背中の辺り。ときには、おひな様とお内裏（だいり）様の間にちょこんと座った。

チャイも雌猫ですからね。


七月になって、急に引越しを決めた。

ひとまず下馬と幕張の二つの家を、一つにしよう。それにはどちらにもいいように中間地点の品川の方面に引越しをしようと決まり、部屋を探した。

所帯は確実に大きくなっていた。三人家族に車が二台、ひな人形だけで段ボールが三つ、そしてチャイ。

不動産会社のHさんという方が、とっておきという物件を見つけてきてくれた。品川にあるマンションで、何よりすごいのは、動物がすべてOK！ という、当時はあまり聞いたことがない条件だった。

「オーナー様は、きりんでも頭さえ入ればいいと言うんですね」

Hさんの話しぶりも面白かったし、マンション全体に包容力を感じた。下馬は自分で購入した部屋だった。本来動物は禁止のマンションだったので、チャイが窓辺に立つだけではらはらした。上の階の人との音問題をめぐる協議も思い出し、今回の引越しは赤ん坊も動物もすべて大らかに許してもらえるところと決めていた。

きりんも大丈夫なマンションへの引越しは、ある業者に頼んだ。幸い品川の部屋は、これまでよりずいぶんと広く、搬入自体はそう困難ではないと予定されたのだが、下馬の部屋の荷物の搬出がなかなか終わらない。いや、まるで時間内に終わりそうにない。どこに隠してあったのかと疑うほど私の本や書類が多く、引越しは予定時間を大きく超過し、夜遅くまで続いた。

心優しいはずの管理人さんは、玄関に仁王立ちだ。

一番青ざめたのは、チャイをめぐるちょっとした騒動だった。今回は真っ先にチャイを運んだ。下馬から幕張への移動のときのようにチャイを残してはいけないと、まず私の車でチャイを新居に運んだ。がらんとした無垢材の上をチャイはゆっくりと歩き回り、窓辺に飛び乗った。

チャイもなかなか馴染んでくれそうである。ひとまず安心とばかり、私はチャイと食事のトレイや砂箱などを、一旦バスルームに避難させたのだ。扉を開けっ放しで、荷物の搬入が始まるからだ。

運ばれる荷物を解いていく。夫は業者の人と一緒に汗まみれになって、荷物を運んでいる。私は指揮者のごとく、これはあちら、これはこちらと振り分けていく。どこの引越しでも、よくある光景のはずだった。

ふと気になって、チャイの様子を見にバスルームの扉を開けた。

いない。どこにもいないのだ。空っぽの湯船にもいないし、もちろん天井にもいない。

「チャイがいない！」

それから急遽四つあった部屋を夫と探しまわった。空いた段ボールもすべて確認してもいない。そもそも冷静になってみると、バスルームの扉はしまったままだ。落ち着け、出たはずがないではないか。

もう一度、バスルームの中を探した。

あっと声が出た。シャンプーなどを置くようになった台の裏側に溝がある。もしやそこに隠れようと入ってしまったのではないか。そこから側溝を伝って、下水道まで真っ逆さまに落ちた！　チャイが落ちた。下水道管に挟まっている。

「どうしよう」

私は声が裏返る。

「どうしよう、こんなことになっちゃって。チャイ……」

腰が抜けたようになって私が床にしゃがみ込むと、小さな声が聞こえてきた。

にゃうん。

そんな声だった。まるで恥ずかしがっているような、ばつが悪いような、怯えているようないろいろな感情が入り交じっているような声で、にゃうん、とチャイは鳴いた。

這いつくばって溝の部分を覗き上げてみると、鼻先と、白い髭が見えた。だんだん黒々とした目も見えてきた。にゃうん、と言いながら、シャンプー台の裏側の一番奥の隙間に隠れていた。

「チャイいましたー」

私はまるで業務連絡のように叫ぶ。

「了解！　次のトラック来るよー」

もろもろ、なんとかすべてを搬入し終わったのが夜の十時すぎだった。

バスルームから出てきたチャイが、段ボールの隙間をどこか楽しそうに歩き回ったのを見たとき、ようやくほっとした。

チャイと二人きりだった頃からは考えられない荷物の量になったね。

赤ん坊が生まれて一年も経たないうちの、引越しだった。

幕張の家では、最後はこんな写真を撮った。

札幌から訪ねてきた私の父が娘を抱っこして、チャイの方へと近づいた。娘はうれしくて手を伸ばした。体をのけぞらして、猫へ近づこうとしている。もうそんなに身体がしっかりしてきたのだ。チャイは、窓辺の台の上にきちんと立ったまま、困ったように正面を向いている。幕張の海辺の家に差し込む朝の強い光。娘は黄色いロンパースを着ている。父も今より十歳ほども若い。

皆それぞれがまるで言葉を交わしているように見える、どこか愉快な写真だ。

下馬の部屋は、すぐに購入して下さる方が見つかった。

後悔されるのが嫌なので、すべて正直に話した。一階の部屋なので日当りが悪いです。二階の方がフローリングに替えたので、音が響きます。動物を飼うのも禁止されています。それらは都市の集合住宅で暮らしていくのに、決していい条件ではないはずだ。けれど買って下さる方はこう言った。

「年老いた両親を住まわせるための部屋でしてね。一番なのは、我々の家から迎えにいって、病院へ連れていくための道のりにあることです。もう年をとっているので、そんなに日が差し込まなくていいんです。耳も遠くなっていますので音も気にならないでしょうし、早寝早起きなので、そうご迷惑をかけることもないはずです」

ありがたいな、と思いながら、私は権利書の名義変更に押印した。

チャイと暮らし始めた幾つもの思い出の詰まった部屋は、そうしてほどなく売却された。

新しい生活が順調に始まるのを願っていた矢先だった。私は二つの変調を、自分の体に見つけた。

第10章　ありがとう、ごめんね

自分なりには懸命にやっているつもりだったが、私は何につけてもなりゆきまかせで、母親としてのしっかりした考えに欠けていた。

子どもを産む前に育児書も読まなかったし、妊婦さんらが集まる場へも出ていかなかった。よく見る、セルロイドの人形を手にして産湯につからせる練習も、一度もしなかった。自分だって動物なんだから、きっとできると思い込んでいた。

一年くらいは、すべてがなりゆきまかせだった。公園や児童館のような場所へも行かないし、子どもは私の夜型生活と同じリズムで寝起きしていた。原稿を書いている机の横に毛布を敷いて、そこに寝かせる夜もあった。

住み始めた街の人たちは赤ん坊に優しくて、夫婦で久しぶりに出かけた中華料理店でむずがり始めたりすると、店の奥さんがひょいと娘を抱いて連れ出してくれた。

私よりずっと上手に抱っこして、お尻をとんとんと叩きながら、

「さ、食べて。お母さんはたくさん食べないとね」と、あやしてくれた。

「すみません。いいんですか?」

マンションの管理人さんにいたっては、煮物や炊き込みご飯のお裾分けを届けてくれた。東京の町で近所の方々と親交ができたのは、品川へ移ってからがはじめてだった。


子どもが一歳の誕生日を迎える少し前に、私は自分の体の異変に気がついた。少し前に経験した、朝起きるときに胸がもやもやする感じ。微熱があるような、いつもとは違う朝の感覚に襲われた。

主治医の先生に診てもらいにいき、やはり覚えのある検査を受けた。

二人目を授かっているのが、わかった。

「早いですよね」

私は単純に照れ隠しにそう言ったつもりだった。言ってみるなら一人目のときすでに高齢出産だったわけだが、特別治療を受けたわけでもなく、またすぐに妊娠だ。妹もすでに三人子どもがいたし、父方の祖母は十人も子どもを産んだ。きっと元々は丈夫な体の女なのである。

「確かに、早いですね」

だが先生は静かな口調でそう言って、「母乳は、ここまでになります」と続けた。

そのときなぜなのか、少し嫌な予感がした。自分でも理由はわからないが、一見順調に思える出来事が、実はそうではないときの予兆のような印象を受けた。

一ヶ月後の検診の約束をして、帰宅した。

新しい子どもを迎える以外には、今度はあまり先の約束はしないようにしようと自分で決めた。

生まれてくる赤ん坊を楽しみにする気持ちは、はじめてのときよりさらに強くなるのが面白かった。もう一回生まれたての赤ん坊を抱きしめられて乳を与えるのだと思うと、恋人に会う前のようにときめいた。

ようやく元の洋服が着られるようになったのに、また妊婦の服を友人たちから回してもらわなくてはならない。忙しくなるな、と前向きな覚悟をした。

しかし、翌月の検診ではもう心音が聞こえなかった。たったひと月の間に何が起きたのだろう。私が相変わらず夜更かしをしたからなのか。平気で車の運転をしたからなのか。お酒も少しは飲んだ、だから、なのか。

ずいぶん短い間しか一緒にいられなかった赤ん坊を思うと、すでに生まれている娘はそれだけで、丈夫な命の持ち主なのだと思えた。

　生まれてきてくれてありがとう、とよく産後すぐのお母さんたちが口にする。私は娘が生まれて一年も経ってようやく、寝ている娘に向かって、そう呟いていた。よく元気に生まれてきてくれましたね。ありがとう。

　私は新しい小説の連載の準備を始めていた。

『余命』というタイトルは、事前に決めてあった。独身の頃に書こうとしていたのは、当時の自分と少し似た主人公だった。一人暮らしで、猫と暮らしている三十代の女だ。がむしゃらに生きてきて病を患い、自分の余命を知る。最後に何をしようかと考え始める。

　だが実際に、女性週刊誌で始めたその小説では、私は女性の医師を主人公にした。娘を産んだときの主治医の先生との出会いが大きく、時間をいただき食事をしたりお話をうかがう機会を得ていた。

　主人公である女性の医師は奄美大島の出身で、カメラマンの夫がいる。結婚して十年が過ぎて、主人公は自分の妊娠を知る。同時に研修医時代に患った乳がんを再発していると気づく。一人の女性として人として、主人公は、大きな選択に迫られる。

　主治医の先生と、こんな話になった。

「子どもを産むか命を取るかの選択に迫られるような、今でもそんな話ってあるんですか？」

私がそう訊ねたのは、二人目を失ったのが自分なりに辛くて仕方がなかったからだろうと思う。

「ありますよ」

先生はおっしゃった。「子どもを産むというのは、おめでたいことばかりのように思われますが、やはり命がけなんです」

そうおっしゃられた後に、実際にあった、ある患者さんの選択を聞かせて下さった。がんと妊娠が同時にわかった。がんの進行を誰にも伝えずに、その女性は出産した。その方は、医者であった。

「今はどこかわかるような気がします」

一緒に、病院のカフェテリアで食事をさせていただいた場でだった。そこから私の中に、主人公の像が膨らんでいく。

一歳を過ぎると、子どもは急に自分の足で歩こうとし始める。私が用意してあった靴は格好ばかりで今ひとつ歩きにくそうだった。歩きやすい靴を夫と一緒に選んで、外に連れ出すようになった。

小説の取材で奄美大島へ行く際にも、夫と子どもと一緒に出かけた。

娘は奄美でもよく歩いた。海辺で波が押し寄せるのが殊更面白かったらしく、鼻先が冷たさで赤くなるまでずっと離れようとしなかった。後ろの方に座って娘の様子を見守っている夫の姿は、印象深かった。空が暮れなずみ、何か家族でいるのがもの悲しく感じられる独特の暗さなどを味わった。

この旅先で、私は初日に予定していた宿を変えた。

もともと、少し神経質なところがある。奄美では、なぜ変えたのかよく覚えていないのだが、部屋が陰気な感じがしたのだ。

移った方の部屋でも、なかなか寝つけなかった。三つ並べた布団で娘は寝息を立て、夫も眠りかけている。

「あのね、胸になんかあるんだよ」

私は、仰向けになりながら、そう伝えた。

「ごろごろっとしたのがあるんだ」

授乳していたときに、いろいろな無理がたたって、私の乳房は幾度もトラブルを起こしていた。熱を持ったり、炎症を起こしかけたり。これが進むと、乳腺炎といって、激痛を伴う症状に陥る。その一歩手前くらいの症状までには何度も陥っていたので、母乳を終えるときには専門のクリニックでマッサージを受けていた。乳腺の通りをよくしてもらい、悪いものが残っていないようにする。上手な先生が行うと、母乳が天井までぴゅうぴゅうと飛ぶ。部屋の中に、甘い匂いが漂う。

やってもらった際にも、しこりがあるのには気づいていた。でも、よく動くし、悪いものではないんじゃないかしらと、先生に言われ、自分で経過観察していた。

神経質なのは自分の体調の変化に対しても同じで、敏感だった理由は毎日必ず体重計に乗る習慣があったからだと思う。朝と夜に、なんの気なしに乗る。肉を食べた翌日はやっぱり増える。お菓子やケーキを食べると、翌々日くらいに増える。前の夜に食べずにうっかり寝ると、少し減っている。その他私の場合はバナナを食べると増える。あっという間に増える。高校以来、ずっと同じ体重だったので、なんとなく、その増減のバランスが頭に入っていた。

ところがその時期、妙に体重が増えなかった。特別痩せたわけでもないのだが、いつもより食べても増えない。

奄美から戻って、病院で診てもらった。しこりを、一度取り出してみてほしいと頼んだのは、私だった。

腫瘍は、悪性だった。

「すみません、出てきました」

それが、結果を聞きにいったときに言われた言葉。医師に謝られたのは、はじめてだ。

二人目の赤ちゃんがだめだった理由も、私はそこに重ねた。

主治医の先生に報告すると、「そうですか。だったら、小説に救われましたね」と、今度はまた静かに言ってくれた。腫瘍はごく初期であると話したわけでもなかったし、どんな風に治療していくかもまだ決めていなかったのに、先生にそう言ってもらった言葉を、私は忘れないでいようと思った。

『余命』の主人公は、その頃私の一部だった。私にはすでに一歳を過ぎた元気な子どもがいたが、自分より生まれてくる子どもへ未来への希望を託す気持ちも、私のいつわりのない一部だった。

小説の主人公には犬がいるのだが、私には猫のチャイがいて、人間だけの家族の中で言葉もなく何かを感じとってくれている存在が救いになっていた。

娘が一歳を過ぎてからは、ベビーベッドではなく大きなベッドにして、時には横に添い寝した。横に並んで言葉の短い絵本を読み始めると、娘はくくっと身を丸くして笑った。ただ母親が発する音を楽しんでいるようだった。

チャイは、そんなとき、ひょいとベッドに飛び乗ってくる。必ず、娘と私の間に体を割り込ませてくる。

娘は絵本だけではなく、それがおかしいと、チャイの背中をぺたんぺたんと叩く。チャイは嫌がりもせずに、自分こそ絵本を聞いているのだという風に耳を立てている。そのうち娘が眠り、私も一緒にうたた寝してしまう。ふと目を覚ますとすでにチャイはいず、リビングへ移動している。まるで長い夜をもて余しているようにも見えた。

私にも主人公にも闘病の時間が始まり、毎日目まぐるしくいろいろな不安に襲われた。どこでどういう治療を受けるのかを決めるのも、結局は自分ひとり。

はじめて診てもらった先生のところで本格的な治療を受けようとしていた判断を、私の母乳を飲んだ友人は疑った。強い口調だったのを、覚えている。

「しっかりしてよ。あなたね、私だったらもっといろいろ回ってみるわよ。自分の体なんだから、徹底的にどこがいいかを調べて決めるわよ」

私はほとんど誰にも話さなかった。実家の父や母や仲良しの妹にさえも、治療がすべて終わるまで伝えなかった。実は今にいたるまで、こうして書くのもはじめてだ。自分の気持ちなら、小説の主人公に託そうと思っていた。

そして原稿から離れると、現実の日々の中では娘やチャイの健やかさに救われていた。

「ねえ、うちの子ってあんなにいい子だったかな」

その夏私の家族がみんな揃ってキャンプをしたときに、遠くで親戚に混じって走り回る娘を見て、私は思わず呟いた。

病気になってよかったのは、それまでやけにかりかりとしていた気持ちが、少しだけ減ったこと。なくなったとまではいわない。でも、ずいぶん減った。

腫瘍はごく初期で、特別複雑な治療はなかったのだが、私の体は自分で一つの選択をしてしまったらしい。まだ四十歳を少し過ぎたばかりだったというのに、自ら排卵を止めてしまった。薬を飲んで止めたわけでもなくて、勝手に止まってしまった。次の赤ん坊は、それでもう、望めなくなった。

夫はまだ二十代だ。だからというのではないけれど、とてもすまない気がした。言葉でも何度か伝えた。

病気かもしれないと伝えたときにも、検査結果を伝えたときにも、その話を伝えたときにも、夫は同じようによくわかっているのかいないのか、ぼんやり聞いているだけだった。だったら、こうしようとか、こうしなきゃとか、心配になってアドバイスする気もないらしい。あんまり心配もしていないのかもしれない。

「もう赤ちゃんは、できなくなったよ」

私が言ったときには確か、こう答えた。

「そんなのわからないでしょう。あんまり考えない方がいいんじゃないのかな」

まあ、のんびりしているのである。きっと、本当に何も考えていないんだなと感じさせるのが、夫婦としては良くもあり悪くもあり。

いつか増えると思っていた家族は、三人とチャイというまとまりの中でやっていくのだと、私は見渡し始めるようになった。

大切にすべてしまってあった娘の子ども服も、友人のところにみんなお下がりに出ていった。可愛いピンクのコートは、裏が杢グレーだった。ツイードのコートには、揃いの帽子があった。東京に暮らしているのに、自分の子ども時代を思い出しコートばかり買ってしまったのも笑い話だ。

ある日、夫が千葉にある自分の会社から電話をしてきた。

「あのさ、今いい？」

夫が仕事中に電話をしてくるのは珍しいので、訝った。

「子猫、連れてってていいかな」

「猫?」

たぶんあの猫だ、と私は勘づく。仕事仲間の事務所で拾われた子猫がいたと聞いていた。まだ生まれたてで、目が見えているのかどうかわからぬほどで、交通量の激しい道をよろよろと歩いていた。思わず拾い上げた人が事務所で育てているのだが、みんないろいろな事情があって、家に連れ帰るわけにはいかず、夜は一匹きりで留守番をしているらしい。

「俺が行くとさ、キーホルダーの鍵で遊ぶんだよ。人懐こくてさ」

夫はそんな話をしながら、こちらの様子をそれとなく確かめていたのだ。

もらってあげたかったが、チャイは人見知りと同じくらい猫見知りも激しい。以前に、ある子猫と会わせたときには、尾を膨らませて威嚇し続けて、その猫を叩きつぶしてしまいそうに見えた。逆に、自分より体の大きな黒猫のいるところへ預けられたときには、怖がっておもらししてしまった。きっと、猫なりにプライドが傷ついたろう。その後は、そちらのお宅の押し入れの隅に隠れてしまったきり出てこなかった。

「チャイは無理だと思うよ。私と同じで心が狭いんだよ」

「それも仲間には言った。だから、もしだめだったら、返してくれていいって言うんだ。あと三十分くらいで着くから」

「はい？」

その電話はなんと、会社からではなくて、すでに子猫連れで家に向かっている車中だったのである。

第11章　ミーミーを抱き上げて

かくして我が家に、もう一匹新しい猫がやって来た。

子猫は遠目には白黒のまだら模様に見えたが、ようく見ると黒い部分にもよもぎ虎と呼ばれる縦縞が入っていた。

両手にそっと載るくらいの大きさ。生後ふた月とは経っていないようだった。どうして母猫とはぐれてしまったのだろうか。世田谷に住んでいた頃は、三毛猫のお母さんが産む子どもたちの成長を順繰りに見てきた。三毛猫は、子どもたちが塀を軽々と登ってどこかで餌にありつくようになるまでは、駐車場の一角でそばを離れず寄り添っていた。

子猫は、チャイが小さかった頃よりずっと柔らかい毛質で、性質もおとなしい印象だった。

「もう名前はあるの？」

　猫はなんと、夫の手のひらに載せて連れられてきたのだ。もう一方の手に提げた紙袋には、お皿のような籐の籠と、ギンガムチェックのパッチワーク模様になった座布団もついていた。

　男の人たちばかりの事務所で、そのくらいには可愛がられていたのだと知ると、胸の奥に温かい思いが走った。

「なんかさ、ミソって呼ばれてたみたいなんだけど。ほら、鼻の真ん中にちょっとミソみたいな点があるからかな。だけどそれじゃあなんだから、ミーミーと呼ぶのはどうかな」

「いい名前だね」

　私は、動物の名前があまり凝っているのは好きではない。シロとかクロとかタマとか、そういうのがいい。昔、セキセイインコをたくさん増やしていったときにも、ピーちゃんとかチッチとかどこにでもありそうな名前ばかりで、結局三十羽以上分の名前が見つかった。

　ミーミーはいい名前だと思った。

　チャイとミーミー、バランスも悪くない。

さっそくバスルームで体を洗ってやった。手のひらに載せたまま洗面器の中でそっと湯をかけても、なされるがままだ。ミーミーは、何をされても、毛玉のようにじっと丸くなっている。シャワーをかけてもタオルでくるんでも、大きな黒々とした目でこちらを見るが、抵抗しようとしない。

毛を乾かしてみると、チャイとは違って耳が少し小さくて、その分どこか寂しげな顔に見えなくもなかった。鼻の真ん中についた点が、一層そう見せているのかもしれない。

「ミーミー」

すぐに玩具を見つけたとばかりに、いまだおむつ穿きの上にジャンパースカートを着た娘が駆けてきて、両腕に抱き上げた。ソファに連れていき、目を光らせて自分の膝に載せる。載せては、ぎゅっと抱きしめる。娘はどう表現していいかわからない、胸の内から溢れ出して止まらない愛着を、全身で示している。ミーミーは、大変なところへやって来てしまったと感じたかもしれないが、それはまだ第一関門だった。

次に訪れたのは、自分よりずっと大きな先輩猫との対面だった。ミーミーから見れば、体重が四キロを超えるチャイは、ずいぶんな風格に見えたはずだ。床をゆっくりと歩み、進んできた。

ミーミーを目にすると、チャイは五十センチほどの間隔を残して、途中で立ち止まった。頭を低くして、両耳の先をミーミーに向けた。これは、ひぐまの威嚇のポーズと同じだ。前脚を踏ん張らせて顔を歪ませ、唇の辺りをひくひくとさせながら、ふーっと威嚇した。尻尾は大きく膨らむ。

チャイの誇りを踏みにじってはいけないのだが、その様子に私は思わず呟いていた。

「大人げない」

私は呆れてしまったのだ。相手は、まだほんの子猫ではないか。

そのただならぬ様子に恐れをなしたのはむしろ娘の方で、ミーミーを床にぽんと放してしまった。

ミーミーは、耳を後ろに倒して床の上ですっかり怯えている。チャイは、前脚を伸ばす。だが、注意深く見ていると、チャイは爪までは出していない。ふーっと威嚇しながら、相手の額をぱしっと叩く。いや、それよりはちょっと叩いてみる、程度だったろうか。それでもミーミーは怯えている。

「まったく、よくやるよね」

私は夫の耳元に囁く。どうもこういうとき、猫は、特にチャイの方は周囲の人間たちが見つめているのに、まるで気づいてもいないように真剣だ。

自分では大立ち回りでもしているつもりなのか、刃物を持った剣豪よろしく(なんて書き方は、最近夢中になって読んだ村松友視さんの『野良猫ケンさん』の流儀ですね)、視点をじっと定めたままミーミーの周囲を舐めるように動き(この辺りも)、またぱしっと打つ。チャイの丸い脚が、ミーミーの両耳の間の小さな隙間にうまく収まる。

ミーミーはそのつど目を瞑る。

いたっとか、こわっと言っているようには見えなかったのが不思議だった。ああ、もう、ここは耐えどきなんだ、と観念しているかのような印象で、ミーミーの方が余裕を持って見えた。

まるで「耐えどき、耐えどき」と自分自身にそう念じているかのような無抵抗ぶりは、ミーミーの心根の強さを感じさせた。これまで何があったかは知らないが、生き物としてのミーミーには自分の進退が決まる重要な場面だったろう。だとしたら、ミーミーには抵抗するという選択肢はなかったのかもしれない。

もしかしたら、この組み合わせはうまくいくと感じたのはそのときだった。

チャイは、ふいっと威嚇をやめて離れていった。ミーミーを受け入れたのが、わかった。チャイがはじめて、別の猫を受け入れたのだ!

しばらく様子を見ていたが、その日のうちにミーミーはチャイのそばに寄っていくのを許され、互いに毛繕いまで始めた。

「仲良くなっちゃったね」

私が驚いて夫に言うと、

「俺は、そんな気がしていたんだ」とどこか自慢気に言い、自分が連れてきたミーミーに目を細めた。

「太らないといいけどな。この柄は、ニャジャラになりがちだろう?」

どの街でも、不良番長のようになる大きな体の猫は白黒柄だと彼は言うのである(そういう猫をなぜなのか、ニャジャラと呼ぶのも決めているらしい)。

「あんまり食べさせすぎないようにしよう」

思いきり可愛がってやろうでもなく新しい家族として大切に迎えようでもなく、夫は家訓であるかのように食事制限を宣言し、ミーミーは正式にうちの新入りになった。

お子さんが二人以上いる家のお母さんは、よくこんな風に言う。

「本当に下の子って可哀想なの。放っておかれて。上の子のときじゃ信じられないような適当な扱いになるのよ」

ミーミーがやって来てわかったのだが、確かに一度目と二度目では接し方がまるで違う。理由は、こちら側だけにあるわけではなく、向こう側にも起因する。

猫が二匹になった以上、当初私たちは、なんでも平等に二つずつ用意しようと決めたのである。餌のお皿はもちろん、トイレやキャリーバッグも二つだ。狭い我が家がこれ以上荷物に溢れるのに、少々気持ちを重くしつつも、ペットショップへと駆け込んだ。

さっそく買い帰ったトイレに砂を敷いて、並べた。プライバシーを配慮して二つを離して置こうかとも考えたが、あちらこちらにトイレがあるのも困り物だと、二つきっちりと並べたのがいけなかったのだろうか。

しばらく見ていると、チャイは新しい方をちらっと覗きながらも、いつものなじみ深い我が方の砂地へと入っていった。トイレを覗く趣味はないが、トイレの中の猫が実に姿勢良く背筋を伸ばして立っているのは、実は外から見えてしまう。で、終わると前脚で砂をしっしとかけて出てくる。このとき肉球の間に挟んでくる砂が部屋の中に散らばるのが困りものなので、トイレの前には専用のすのこも敷いている。これも二つ、等しく並べたのは言うまでもない。

で、チャイはいつもの方でいいと決めたようだったので、安心してミーミーを抱き上げて、新しいトイレの中にそっと入れてみた。いいですか？　ミーミー、おまえはご用の際にはこちらを使うのですよ、と教えるつもりで入れた。なされるがままが信条なはずのミーミーだったが、このときばかりは慌てて出てきて、ぶるぶるっと体を震わせた。

それでどうしたかと言うと、逃げるわけではなく、ひょいと隣を覗いた。するっと頭を入れて、その古い方の、おそらく何かしらのチャイの匂いが漂う方へと入っていった。程なく、小さいなりに同じポーズで用を足して、出てきた。

私は首を捻ってしまった。まあ一度くらいはそんな機会もあるだろうが、次は新しい方へ入るに違いない。少し古い砂を新しい方へ混ぜてみようか。

すると、今度はチャイが新しい方へと入ってみる。ミーミーも、後へ続く。チャイが入った方へ、必ずミーミーは入っていく。餌の皿も同じなのである。チャイが食べた皿の残りをミーミーは食べる。何でも同じように真似をする。

そういえば子どもの頃、人見知りだった妹にも同じような傾向があった。私が遊びにいこうとすると、どこへでもついてくる。ついてきちゃだめと言って小走りに駆けると、向こうも慌てて駆けてくる。それでつまずいて転んで、おでこを擦りむいて泣き出してしまう。仕方がないので、一緒に手をつないで遊びにいく。友達からは、ねえちょっと、こんな小さいの連れてきちゃったの？　というような不満が漏れる。だったら別の遊びにしようか。身体の成長を全力で発揮しながら外を駆け回って遊ぶ子どもたちには、そんな暗黙のルールがあったのを思い出す。

チャイは、私よりは優しかった。これまで連れ歩いていたぬいぐるみへの愛着を、一心にミーミーへと方向転換した。

どこへでもちょろちょろとついていくミーミーの毛繕いにも忙しかった。時には深夜の追いかけっこ遊び、賑やかなじゃれ合いも始まった。

フードトレイは一応二つ用意するが、じきに片方は処分してしまった。あちらこちらに移動していたチャイの玩具やぬいぐるみは見向きもされなくなったので、洗って猫のおもちゃ箱にしまった。

猫には猫同士の時間があるのを見ているのは、どこか寂しく、だがやはり微笑ましかった。言葉を話すわけでもなく、ただ互いの温もりを近づけ合って寄り添っている。

チャイは自分にもミーミーのような頃があったのを覚えているのだろうか。私が出会ったときには、チャイはお尻の大きなおじいさん猫にぴったりと体を寄り添わせていた。猫にも記憶があるのだとしたら、チャイは少なくともその頃の感覚を、または柔らかな温もりを呼び起こしていたのではなかろうか。

ミーミーがやって来た

リビングルームの窓辺に、夫の実家である神社から譲り受けた布張りの肘掛け椅子があり、二匹にはそこがお気に入りの場所になった。

娘がミーミーを抱きたいときは、そこへ行って両腕を伸ばして、ぎゅっとつかむ。ミーミーには、娘だってずいぶんと大きく見えたはずだ。

ミーミーは、少し体を強ばらせるようになった。チャイの横でじっとしている平穏な時間は、娘によってなんなく壊されてしまう。娘は毛玉を解くかのようにして、ミーミーを弄(いじく)ってしまう。可愛くて可愛くて仕方がなくて、顔を擦り寄せ両耳は裏返し、全身の毛に自分の鼻先を埋めてくんくん匂いを嗅ぐ。

「ミーミー、かわいい。ミーミー」

娘は、二歳になっていた。乱暴なところのある子どもではなかったが、あまりに熱心に触れ過ぎてしまった。あるとき、娘の指先がミーミーの目に入ってしまったようだった。

はじめてミーミーが娘を威嚇して、爪を出して娘の頰を引っ掻いた。娘は慌ててミーミーの体を放した。ミーミーの方は一週間ほど、片方の瞼がうまく開かなかったから、おそらく眼球が少し傷ついたのだと思う。

ミーミーは、それからは娘の姿を見ると逃げるようになってしまった。来客があると必ず膝に載ってみるような人懐こさで、誰に抱き上げられても例のなされるがままの様子でいたはずが、知らない人の前には決して姿さえ現さないようになってしまった。

それが娘との一件のせいなのか、いわゆる人間でいう成長の過程による人見知りが原因なのかはわからない。そもそも我が家では、チャイも大変な人見知りだったから。

だが不思議なことに、この頃からチャイの方は客人の間に出てくるようになった。尻尾を立てて堂々と現れ、客人の顔を見上げてにゃあっと鳴く。猫の世界を代表して、私がご挨拶申し上げます、とでも言っているのかな。

またチャイは、娘と添い寝するようになった。

娘の方は傷心だったのである。それまで一緒に遊んでくれていたミーミーがとたんに体さえ触らせてくれなくなり、自分の姿を見ると怖がって逃げる。時間薬で、いつかまた仲良くできるよ、と娘には教えてやっているのだが。

ミーミーにも娘にも可哀想なことをしたが、こうして姉妹同士で学んでいくのだと私は感じた。ミーミーが娘に教えてくれたことは、生き物同士に必要な信頼の築き方だ。チャイがまるで娘の傷心を慰めるかのように、添い寝してくれるようになったのは、果たして偶然なのだろうか。

ひと口に猫、しかも雌同士と言えども、性質は違っている。味覚も異なるようだ。

鮭、と口にするだけで近づいてくるのがチャイだったが、ミーミーは鮭なら手のひらに載せてやっても見向きもしない。代わりに、海苔が好きで、食卓でぱりっという海苔の音がすると近づいてくる。しかしこれも、あるとき上あごの裏にはりついてしまったのを、どうやっても取れずに半分狂ったようになり、以来ぱったり食べなくなってしまった。他にもどうやらかぼちゃやバターを塗ったトーストなどに食指が動くらしい。

まだ若いので、当然チャイよりは体力があるのだろう。チャイが寝ていて自分が退屈をすると、ちょっかいを出して遊ぼうと誘うようにもなった。ミーミーのしつこさに怒ったチャイが追いかけると、ミーミーは我が意を得たりで飛ぶように駆ける。

チャイは膝に載るのが好きだが、ミーミーは、胸に張りついてくるのが好きだ。両脚を交互に動かすもみもみと呼ばれる甘え方も、チャイはしなかったがミーミーはする。

ミーミーだってたまにはそうやって人に甘えるが、一番関わりが深い相手はチャイのようだ。かつて、私がしていたはずの遊び一つ一つを、みんなチャイがやってくれる。ミーミーは、私にではなく、チャイに構ってもらおうと求める。

これが二番目の子というものなのだなと私は思う。放っておきたいわけではないのだが、目線がこちらへではなく、先に生まれた仲間の方へと向いている。

チャイと私だけの時間は密だったと改めて感じる。互いの寂しさを噛みしめ合うかのように、密だった。そこに夫と娘がやって来て、ミーミーが加わった。

チャイと私の密な時間は、途切れてしまったかと言えば、実はそうでもない。

昼間はミーミーと体を擦り合わせている。娘が眠ろうとすると、チャイはそのベッドにとんと上がる。だけどどちらも寝ているようなとき、私が一人で原稿を書き始めると、知らない間にやって来て、椅子の背に収まる。私は背もたれのある革の椅子に座って、二つ合わせた木製の机に向かって書いている。私の尻と垂直の背もたれの間は決して心地よいスペースだとは思えないのだが、そこに入り込んで眠り始めるときがある。

深夜に私がパソコンのキーを叩く音が、懐かしいかのように目を細める。私は手を休めるときには、そっと後ろに回して温もりを確かめる。時には書く手を休めて胸に抱きしめたり、人には言えないような愛の表現を繰り返す私に半ば呆れたようにじっとしている。

何を話すわけではないが、旧知の友であるかのように互いに過ごした時の流れを感じさせてくれる。チャイには、すでに落ち着きが備わってきたのが伝わってくる。

変容していく家族をじっと見守っている猫は、その緑がかった瞳を輝かせて語りかけてくるかのようだ。

やれやれ、ようやく静かな夜になったじゃないの、と。

私は答える。

ようやくチャイと二人になったね。ミーミーをよろしくね。

二人でいたときだっていつも静かな夜ばかりだったわけではなかったはずだ。嵐の夜もあったはずなのに、まるで二人とも忘れてしまったかのようだと私は感じる。

第12章　二匹で覚える

チャイと暮らし始めたときにはいろいろわからないことだらけで、ずいぶん猫について書かれてある本を読んだ。柔らかい筆致のエッセイからヒントをもらったり、猫が主人公の漫画で一緒に泣き笑いしたり。また自然科学書を読むと学生時代の研究癖が少し頭をもたげてきて、部屋の片隅でくつろいでいるチャイを研究対象のような目で眺める楽しみを覚えた。

当時書かれていた本によくあったのは、猫はきれい好きで自分の毛の汚れは自分の舌でブラッシングするので、シャンプーは必要ないという記述だった。皮膚の下にある物質が紫外線を浴びるとビタミンDに変化する。舐める行為を通じて体内に吸収されるので、日光にさえ当たれば、ビタミンを摂取する必要がない。つまり、人間のように野菜や果物を食べる必要のない動物なのだと、書かれているものが多かった。

そうとはわかっていても、友人は「うちの子のサラダ」と称して、お花のブーケを持ち帰ったし、スーパーマーケットで「猫草」として売られている、ただの草ぼうぼうの植木鉢を見つけるたびに買い帰る人もいた。草は、猫が毛玉を吐きやすくするのに有用だそうだが、我が家ではこの「猫草」がうまく活かされたためしがない。チャイは、食べてもうまく噛めないらしくて、唾液にまみれたニラのかたまりのようなものを吐き出したし、幾度か同じように繰り返した後は、もうあまり興味を示さなくなった。

ミーミーが我が家にやって来たので、あるとき久しぶりに買い帰ってみると、これは完全な玩具になった。

子猫は人間の子どもと同じで、なんでも玩具にしてしまう。「猫草」の鉢を倒してしまい、中から土を出してこれを弾いて遊ぶ。草は噛むというより、踏んで遊んでいる始末。ミーミーは、「猫草」に限らず、ティッシュペーパーを全部出し切るという、娘の幼い頃と同じ遊びもやった。家族でどこかへ出かけて帰宅すると、部屋の中のいたるところに真っ白なティッシュペーパーがひらひらと舞っている。

「ミーミー、またやっちゃったよ」

娘の方はかつて自分がそんな遊びをしていたことさえ、もう忘れているらしい。小熊みたいに両方の足を床に投げ出して、やっていたんだけどね、君も。

ミーミーは、やがて人前でもやるようになった。まるで自分の使命を見つけたかのように、脚も口も使って、黙々とやった。次々引き出して、箱が空っぽになるまでやると、空箱に鼻先を押し込んでみる。娘が昔のお詫びをするように紙を集めてきて、箱の中にごりごり押し込んだ。

猫は躾（しつけ）のきかない生き物だというのも、たいていの本に書かれてあったはずだ。犬とは違って、どんな躾も意味を持たない、と。

おそらく私は、猫との付き合いのその部分に安堵を覚えているのである。躾のきかない生き物には、躾のいらない生き物としての法則がある。

むしろ私はそちらを覚えていきたい。人の方が立派だなんてことはないのだ。

最近インターネット上で、猫の噛み癖について悩み相談している方がいた。

私は『雪になる』という短編小説集の表題作で、この噛み癖のある猫と暮らす小樽の女を書いた。実際に小樽を訪ねたときに出会った方から聞いた話が、モチーフになった。

小説の中で、猫はその女の足首を噛んでしまう。離婚して一人で流れるようにたどりついた小樽の街で、料理屋の給仕スタッフとして暮らしている。猫が唯一暮らしを共にする相手だった。やがて彼女は淡い恋に落ちるが、それも終わってしまう。そんな矢先に、猫に足首を嚙まれる。片足を引きながら仕事をしていたのだが、もう片方も嚙まれ、ついに動けなくなってしまう。動物病院へ連れていくと、こういう癖は治らないのだと安楽死を勧められる――。

実はその小説を書いてから、自分の家の猫も嚙み癖がありこんな怪我を負ってしまったという話を折々聞かされるようになった。

可愛いのだけれど動物病院へ行くと本当に安楽死を勧められてしまうのでしょうか、と、あるときは相談された。

それで私は、猫の嚙み癖についての対処法には自分なりに半ば責任を感じ、気にしてきた。

悩み相談のサイトで市井の方々が、愛情を持ってこんな対処法をとっているのには驚かされた。嚙む猫は、たいていが小さいときに親や兄弟と離ればなれになっていて、甘嚙みをしたりされたりする中で育っていない。加減がわからず思い切り嚙んでしまう。もし嚙んできたら、飼い主も同じように首筋を嚙んで教えてやる、というのである。いいか、嚙まれるとこんなに痛いんだぞと身をもって、必死になって教えてやるのが躾で、するとそんなには嚙まなくなるというのである。

チャイとミーミー

噛む度合いもあろうかとは思うが、親や兄弟から学ばぬうちに育ってしまった猫なのだと考える人間の優しさに出会った。

考えてみたらほとんどの猫たちが、何らかの理由で肉親とは離ればなれになり、人間の中で暮らしている。そう思えば、猫はとてもバランスのいい生き物だと思う。人間の生活の中にするりと入り込み、自分の心地よいわずかばかりの生活空間を見つけ、子猫のうちは多少いたずらはしても、後はずいぶんと静かに寄り添って暮らしてくれる。

ミーミーは、チャイから何を教わったのか。少なくとも、人間を噛むという行動はしなかった。

ただ、チャイからは過多とも言えるかわいがられ方をされてしまい、やって来て半年もしないうちに、両方の耳の間の毛がすっかり禿げてしまった。

チャイがミーミーの横にどしんと陣取り、やがて首を横に伸ばして毛繕いを始める。しつこいくらいにブラシを続ける。例のざらざらというか、ごりごりとも言える摩擦音が響いてくる。

ミーミーはきっと、禿げるくらいなのだから痛かったに違いないのだが、じっと身を屈めてこの慈しみを甘んじて享受しているように見えた。

ミーミーが禿げてきた頃から、まるで同調するようにチャイもお腹の辺りの毛がなくなってきて、うす桃色の皮膚が露出するようになった。チャイはミーミーの毛繕いを終えると、今度は同じようにごりごりと自分のお腹の毛繕いをしていた。それが何を意味していたのかは、わからない。チャイのストレス信号だったのかもしれない。ただ私には、チャイがミーミーを、自分の腹を痛めて産んだ子なのだと自分に言い聞かせているようにも感じられた。

二匹は、それぞれ動物病院のお世話になった。

ミーミーは、ありがたいことに耳ダニはじめチャイのときに厄介だった症状を一つも持っていなかった。とても健康な猫だった。少々頭に禿ができた以外は。

品川の自宅からほど近くにあった動物病院の女性の先生はバレエをしていて、小柄で姿勢がよく、黒目がちでおかっぱ頭の美しい先生だ。

二匹の体のそれぞれにできた禿はさておきとばかり、チャイの歯周病の心配をしてくれた。その頃、互いに毛繕いをするものだから、チャイからはミーミーの匂いが、ミーミーからはチャイの匂いが密かに立ちのぼってくるようになっていて、先生は即座にそれを感じ取った。

さっそく診てもらってわかったのは、チャイには、ぐらぐらになった虫歯が無数にあったこと。

先生はチャイの体を診察台の上に置き、口を大きく開かせる。いきなりその白い親指をチャイの奥歯にたてると、ぐぎっと歯は折れた。

「もう、ぼろぼろでした」

先生は小さな澄んだ声でそう言って、さらにもう一本、同じように素手でぐぎっと折ってくれた。

「全身麻酔となると、怖いですから」

チャイの方はあんぐりとして、口を閉じるのも忘れてしまったような顔をしていた。

「これでずいぶん噛めるようになると思いますよ。少し食べにくかったはずですから」

そんな症状にもまるで気づかずにいたのだから、私は無責任な限りだった。いつも後から気づく。チャイには心の中で謝ってばかりだ。

猫の歯は、自然界で生きていく分には、虫歯にならないのだという説がある。けれど人間が与える食事を続けていると、虫歯になる。動物病院では、猫のはみがきや、はみがきガムの習慣も提唱されている。または定期的に麻酔をかけて猫の歯の治療をするという手もあるようだ。

チャイは年をとってきたのだと急に実感した。病院で診てもらうべきことも増えてくるのかもしれない。だが、チャイは、昔はしなかったはずなのに、キャリーバッグで移動するだけでおもらしをするようになった。プライドの高い生き物として、これもまた一大事なはずだった。

帰ってきて、おもらしで濡れてしまったチャイをシャワーで洗ってやる。昔ほどはシャワーを嫌がらない。時には壁に両方の前脚をかけて二本足で立ち、実に洗いやすい格好をしてくれる。

洗った後にふかふかのタオルで拭う。これでしばらくは、人間好みの匂いと柔らかい毛並みでいてくれる。

「もう、歯がぼろぼろなんだってさ」

私はチャイに向かって独りごちる。

そのわりに相変わらず肉も魚も好きだし、元気でいてくれているのだがなと思う。つい先立っては、近くに住む家の旦那さんがかじきを釣ったと言って、分けて下さった。魚屋さんですでに切り身にした状態でお皿に二枚分も下さったので、私たち人間も刺身はもとより、竜田揚げにしたり、クリームソテーにしたりと楽しませてもらったのだが、チャイにもずいぶん分け前がいった。

猫餌しか食べさせないのを徹底している人もいるが、私はうちの猫が本物の魚などを喉を鳴らしてがつがつと食べているのを見ると、ほっとする。生きてるんだなと実感する。チャイは真剣になると眉間に皺を寄せて、魚の身を歯で引きちぎるように振り回して食べる。食べ終わった後は、ずいぶんと散らかっている。お皿なんてまるで無視だ。自分で捕ったわけでもないのに、狩猟の喜びまで思い出しているような姿に見える。

そしてそんなときに、しみじみ実感する。本来なら、動物を捕って食べるのが喜びの生き物なのだ。なのにこんな小さな箱のような空間で一緒に生きていてくれる。もう、好きなようにじゃんじゃん食べたらいいよ、と思う。

チャイの横でミーミーも尻尾を揺らして少しかじきを噛んでみたが、そんなに好きではなかったみたいだ。ミーミーにはまだ食べるより遊んでいる方が楽しいらしい。人間なら、老いて食べ物にがっつく姿を年下の者たちに見られるのはどうかと訝るところだが、チャイにはまるで気にする様子がない。

やがて食べ終わると例の毛繕いをはじめ、自分の全身とミーミーの額をその舌でブラシする。しばらくの間、猫たちはかじきの匂いになった。

父方の祖父母は、北海道でもずいぶんと田舎の方で暮らしていた。どちらも長生きで、祖父は九十代で亡くなる直前まで山に入って山菜を採り、子どもや孫たちが遊びにいくと、瓶詰めにして分けてくれた。

祖父の好物は、薄い肉をかりかりに揚げたとんかつだった。後年はほとんど歯がなかったが、それをナイフで切り分けるでもなく、箸でつまんで直接かりかりと噛んでおいしそうに食べていた。そんな姿は、今でも記憶にある。歯医者も病院もほとんど行くのを見かけなかったから、あるがままに自分のできることをして生き続けたのだと思う。

不思議なことだが、半年もするとまたミーミーの毛ははえ揃ってきた。チャイのお腹にも、私の好きなヒョウ柄の柔らかい毛がすっかり戻った。

噛み合ううちに甘噛みの程度を知るように、チャイだってはじめてミーミーで、毛繕いの程度を覚えさせてもらったのかもしれない。今でも二匹で舐め合っているが、そういえばあのごりごりいう音も、あまり聞こえなくなった。

ティッシュペーパーでいたずらはするのに、ミーミーは私たちが与える玩具にはさほど興味を示さなかった。チャイのように、玩具の羽に飛びかかってきたり鈴を転がして遊んだりする様子もなかった。むしろ羽のついた棒を見せたりすると、後ずさりして怖がった。

　ミーミーがそれでいいならよいのだが、チャイが同じ頃は、ずいぶんと一緒に遊んだのにな。

　チャイは自分の生涯の折り返し地点を過ぎてやって来た子猫を、我が子、または孫ほどに感じているかもしれないが、私たち家族にとっては、やはり二匹は年の離れた姉妹のように見えてしまう。

　小学校に上がった娘は、ずっと一人っ子でいることに幾分不満を抱いているらしい。同級生たちに次々兄弟や姉妹ができるのを、手放しで羨む。時折学校へ連れてこられる赤ちゃんはみんなのスターになるし、しばらくの間はその子の話題が尽きなくなる。

　娘は特に赤ちゃんが好きで、なんとか触ったり抱っこさせてもらうのを許してもらおうと、じっとそばにはりつくタイプのようだ。

　うちにだけ赤ちゃんがやって来ないのは、お母さんが忙しいからではないかと心配しているようだった。ある時期が来たら、娘にも姉妹ができない理由を話すつもりだ。けれど娘は知らない人たちにこう答えているのがわかった。

「ご姉妹は何人？」

　幼稚園の頃は、指を一本立てていた。気が向くと、一人とか、一人っ子ですと言葉にして伝えた。

　小学校に上がって、どう意識が変わったのか、

「一人ですけど、猫が二匹います」

　姉妹を聞かれると、必ずそう答えているのを目撃するようになった。

「あら、猫がいるの？　何歳なの？」

　時々、ご親切にそう聞き返して下さる方もある。

「一匹はチャイで十三歳で、もう一匹はミーミーで三歳です」

〈『チャイはいつから』

わたしは二ひきのねこをかっています。年上がチャイ♀、年下がミー♀です。

今日、夕ごはんを食べていたら、チャイがこちらを見ていました。毎日毎日チャイの顔を見ていますが、気づかなかったことをはっ見しました。

チャイのおでこに「兄」の字がついていました。

目をうごかすたびに、兄がうごきます。

お母さんにそのことを話すと、お母さんは、わらっていました。

「いつからなんだろうね。」

と聞くと、
「お母さんも、分からないよ。」
と言ってくれました。
本当は姉ねこだけど、今日からは兄ねこです。
わたしのだいじな兄ねこ。〉
習い立ての漢字を使って、娘はそんな日記を書いた。

第13章　早く出てきて

ミーミーが二度目の行方不明になった。

夏の終わり、義母が千葉から訪ねてきてくれていた晩だった。夜も更けたので義母の寝具を用意しようとしたのだが、義母はいいの、いいのとばかりソファに体を沈めた。日頃から私たち夫婦以上に忙しく仕事をしているので、少し休んだら夜のうちに帰るつもりのようだった。

実はその晩、私には気がかりがあった。ミーミーが、ずっと姿を消したままだったのだ。人見知りがますます激しくなり、誰か客人があると私たち夫婦のベッドの下などへ身を隠すようになっていた。客人のいる間は、ほとんど身動きもせずにじっとしている。

札幌で過ごした子どもの頃、我が家にはいつも大勢の来客があった。父が仕事帰りに連れてきた仲間たちと、ややもすると朝まで飲んでいる。私はそのおじさんたちにスキーや水泳を習ったのだが、朝起きてストーブの周りで寝転がっている男の人たちを目の当たりにするのは、いつまでも慣れなかった。

　客人がある間は、母は酒やつまみを出すのに忙しくなってしまい、妹と私は奥の部屋でじっとしているしかない。ストーブの周囲は温かいはずで、その部屋で何が楽しいのか、時折大人たちが高笑いする。母親は、しぶしぶ付き合っているはずだと思い込んでいたのに、一緒になって笑っている声が聞こえたりすると、私は不機嫌になった。

「大丈夫？　もう寝なくちゃね」

　母がそっと、子どもたちの様子を覗きにくる。

「あの人たち、いつまでいるの？」

　妹は遠慮もなく大きな声で、母にそう訊ねる。

「そうね、もう少しだと思うよ」

　チャイはミーミーが来た頃から人が変わったように、いや猫が変わったように、客人の中へと積極的に顔を出すようになった。

　ミーミーの方は反対に、奥の間で様子をうかがっていた私たちとそっくりだった。

「ミーミー、出ておいで」

私はその日もベッドの下にいるものとばかりに、そっと探しに向かった。少し顔を見たら、餌と水を置いていくつもりだった。

するといないのだ。姿がない。慌てて毛布をはいでもいないし、娘の部屋やそのベッドなどを探すが、どこにもいない。うっかりクローゼットに入り込んだ形跡もないし、呼んでも返事がない。

義母に謝ってリビングのカーテンの陰などを探しても見当たらず、ソファの下にもいない。不審な顔をして夫が近寄ってきたので、耳打ちする。

「どこにもいないのよ、ミーミー」

「どこかにいるでしょ」

いつも根拠もなくそう言う夫には何か腹が立つのだが、義母の前ではなんとか内心を押し隠す私である。

「チャイ、ミーミーはどこ?」

本物の「兄」、いや姉なら妹の行方は知らせてくれるだろうに、チャイの方は知らぬ存ぜぬを決め込んでいる。

私はミーミーが一度目に行方不明になったときの、実に深刻だった捜索活動を思い起こしてしまった。何しろ当時ミーミーは、まだ我が家にやって来たばかり、両手に載るくらい小さかった。突然どこにも姿が見えなくなり、家族総出で部屋中を探した。ソファやベッドの下、カーテンの陰、クローゼットの中、靴箱や引き出し、一応ベランダも探した。それでもいないとなると、私は真剣になって冷蔵庫や冷凍庫、洗濯機、電子レンジの中まで探した。もしかしたら、まだ小さいミーミーは何もわからず洗濯槽の中に入り込んでしまった。ドジな私は何も知らずに回転させて、ミーミーは水に溺れてしまった……そんな姿を想像し、血の気が引いていく。しかし幸い、そこにもいなかった。

とにかく、どこにもいなかったのだ。家中、どこにもいなかった。

私は、はっとひらめいて、玄関でサンダルをひっかけてマンションの下にあるゴミの収集場所へと走っていった。品川にあったマンションでは、ゴミは独自に集めて、専門の業者に引き取ってもらうシステムだった。

収集のカートの中は、しかしすでに空っぽだった。業者の人が持っていってしまったのだ。ミーミーは小さすぎて、ゴミ袋の中に迷い込んでしまった。ドジな私はそれも知らずに収集の場所へと運び、猫は業者の人に焼却場へと連れられていった。今度はもっと青ざめて、業者の連絡先を探して、電話をした。

「お願いです。どうか、私が行くまで、ゴミは燃やさないで下さい。袋の中を調べさせて下さい！」

だが、ゴミ袋はすでにそのまま焼却施設の中へと放り込まれているという。

「一応一袋ずつ、我々もあらかた様子は見ますが、生き物の気配はなかったように思いますよ」

業者の人は、困った客だと言わんばかりで、取り合ってもくれない。

「気配といっても、まだ小さいんです。袋の中でうっかり寝ていたかもしれないんです」

「いやあ、そうですかね」

後から思えば彼らもプロとして、生き物ならどんなに小さくたって気配があるものだと、伝えようとしてくれていたのかもしれない。

ミーミーは、結局その晩は、見つけられなかった。娘は泣きべそをかき、さすがに暢気な夫も、深々とため息をついた。

翌日は娘の手を引いて、朝から近所を探しまわった。植え込みの中や、道路の側溝、たまたま顔を合わせた友人にも、街のどこかで子猫を見なかったかと訊いても、色よい返事はない。

「猫ね、それはまあ、心配だわね」

娘を通じて一緒に家族旅行などもするようになった友人なのだが、あまりに真剣な私の様子にどこか呆れている風だった。

果たして、ミーミーはどうしていたか。

翌日の夕暮れになっても、外での懸命の捜索にかかわらず手がかりがなかった。

「なんか俺さ、幻聴が聴こえてきたよ。ミーミーの鳴き声みたいのが聴こえてきた」

夫はそう言った。

「私は聴こえないよ。全然聴こえない」

まるでミーミーがお陀仏したように言う夫に、また腹が立ってしまった。

「わたしも、うっすら聴こえるよ。みゃあみゃあって言ってるよ。外から聴こえる」

娘がそう言うと、夫はいきなりベランダの引き戸を開けて、外へと出ていった。ついて行こうとする娘に「しーっ」と親指を立てて制した。

「ミーミー、ミー、出ておいで」

私は娘とじっと中で待っていた。

ずいぶん時間が経ったように思えた。

リビングへと戻ってきた夫の手の中に、ミーミーが丸くなり、小さな耳を立てて目を光らせていた。

「いたの？」

うなずきもせずに夫が言う。

「変だよな。ここだって何回も見たはずなのに、こいつ、どこにいたんだろう。植木鉢の陰で震えていたよ」

ミーミーが夫の手から床へと飛び下り小さく駆けだしたとき、私はその場に頽(くずお)れた。

それで果たして二回目はというと、早朝になって義母を地下の駐車場まで見送って部屋に戻ると、ミーミーはソファの上で、下肢を遠くまで伸ばしたアクロバティックな得意のポーズで、暢気に毛繕いをしていた。別に、何事もなかったかのように寛いでいる。

一体、ミーミーはどこにいたのだろうか。

実はその後も、ミーミーは何度か同じように姿を消した。それは手品師とかマジシャンのように鮮やかだった。

一度自宅で雑誌の取材を受けたときに、機材を持った方々がとても静かに入ってきてくれたので、猫らはリビングにいたままだった。ミーミーは彼ら見知らぬ人たちの気配を察知して、慌ててどこかへ姿を消した。

消したといっても、我が家のリビングは王宮でもダンスホールでもない。ダイニングテーブルと椅子、ソファとコーヒーテーブル、夫の趣味のＣＤＪプレーヤーなどの音楽機器とテレビ、あと少し読みかけの本が散乱しているくらいだ。隠れる場所もそうないのである。

けれどその日もミーミーは、まるで姿を隠してしまった。取材の方々を玄関まで見送って戻ったら、やはりまたソファの上にちょこんと載っていた。

この謎は、やがて解ける。

なんと、いつものようにミーミーを追いかけていた娘が、ある場所へと身を潜めようとしている決定的な瞬間を見つけたのだ。

それは家族も、おそらくチャイだって知らなかっただろう穴だった。

当時我が家が使っていたのは、北欧製の革張りのソファだった。北欧の人たちより足の短い家族の集う我が家では、夫が高すぎる足の部分を少し切って加工して使っていた。夫はインテリアの勉強をした経験があり、日曜大工という域からは少しばかり超えた作業をする。

ソファの裏側には足をとめる四つの角があるのだが、何のためなのかそのうち二本の外側にソファの座面の下へと入り込むための穴が拵えてあった。といっても人間の体が入れるわけもなく、人間の手なら入るかという程の穴だ。両方は通り抜けができ、片方から入ってもう一方から出るのも可能な抜け道となっていた。

ミーミーはいつの間にか、ソファの下のわずかな隙間から座面の下へと入り込む、自分にはちょうどいい穴を見つけたようだった。すっぽりとそこへ入ってしまい、義母が寝ていたときにも座面の下のどこかでじっとしていたようなのである。

なるほどね、と、下から覗き込み、私も妙に感心してしまった。

前にも書いたエリザベス・M・トーマス女史は、肉食として生きる猫族を「崖っぷちで生きるもの」と表現している。太古のキツネ族は野菜を食べる能力を備えたことで、肉不足の時期を乗り切った。一方肉食動物として崖っぷちを生きる猫族は、ハンターとしての技術を研ぎすましていくしかなかった。まず特徴として、鋭い犬歯や頑丈な臼歯をもった。俊足であるための体重の軽さや短い腸も、肉食であるがゆえに可能となった。〈しかしなんといっても重要なのは、肉食の習性が猫の感情について少なからず解き明かしてくれる点である。猫の感情表現の多くは、生きた獲物をとらえることと深くかかわっている。興奮して幸せな状態の猫、あるいは安心しきった猫は、その喜びをぶつけられるものが近づけば、相手がなんであれ待ち伏せして飛びかかる〉（『猫たちの隠された生活』）

その待ち伏せの能力については、多くの書物に綴られている。小動物が巣穴に隠れると、穴の前でじっと待つ。自らの気配を消して、ひたすら待ち続ける。小動物がもういいだろうと巣穴から出てきた瞬間に、爪を立てる。

ミーミーの場合その能力は、獲物というよりも客人らが去るのをひたすらじっと隠れて待つ根気のようなものに置き換えられたようだ。自分の気配を消してしまう。

ミーミーのこの大切な隠れ場所は、次の引越しの際にも大変なネックとなった。私たちは、今度は同じ区内の御殿山という桜並木のある場所への引越しを決めた。家族も荷物も増えてしまい、引越しは業者の人に頼んでも三日に及んだ。

ミーミーはすぐに異変を察知して連日この場所へと隠れてしまい、昼間はまったく出てこなかった。

二日目の晩から家族は新居へ移って寝起きを始めたのだが、黒革のソファとミーミーは前の部屋に残していくしかない状況になり、翌早朝に、娘と私でキャリーバッグを抱え迎えにいった。

鍵を開けて扉を開けると、窓辺にいたミーミーはまたソファの裏へと入っていこうとした。

「おいで、ミーミー、大丈夫だから」

娘は必死に呼びかける。しかしミーミーだって、必死だ。ようやく住み慣れたはずの部屋から家具はほとんど消えてしまい、がらんとしている。姉がわりのチャイもいない。自分一人が取り残されてしまった。これのどこが大丈夫だっていうの？　って心境だ。

「頼むよ、早く出てきて、ミーミー」

うかうかしていると、また引越し業者の人たちが来てしまう。どうしたらいいのだろうと途方に暮れていると、娘は果敢に薄い体でソファの下へと潜っていった。

「おいで、ミーミー」

娘は必死に穴に手を入れて、ミーミーの体を引っ張りだした。興奮した猫は、エリザベス女史の言うように、長い爪を出した。すっかり興奮して、抱き上げようとした私の腕を、えぐるように引っ掻いた。胸の中で暴れるミーミーは、身を強張らせていた。よほど怖かったのだろうと思うと胸が締めつけられる思いがした。

なんとか、抱きしめてキャリーバッグへと移す。ミーミー、新しい部屋はカーペットだよ。チャイはもう、うれしそうに床を歩いているよ。春になったら、桜の花が一面に咲くよ。もしそう言えば、少しは気を取り直してくれるとよいのだが。ごめん、ごめん、わかったから、と言うしかない。わかってないよね。

ミーミーの毛は特別に柔らかい。体も痩せている分、チャイよりしなやかに骨格の動きがわかる。ミーミーだって、本当は温もりがほしいのだ。まだ甘えたいのだと感じるときがある。温もりがつながると鎮まっていく。

姿を消されるたびに、ミーミーは大切な家族だと知らされる。みんなが胸を痛めてしまう。

もしかしたらこれは、適当に放られている次女が身につけた雲隠れの術なのかもしれないなどと思うときもある。

新居へ移るとミーミーは、自分の肉球や爪に優しいカーペットの暮らしに迎えられた。

そして大好きだったはずの、あのソファがもうなくなっているのにも気づいたはずだ。私もそのとき、ミーミーの立場になって、はじめて気づいた。新しい部屋の新しいソファに、ただ浮かれていた。ソファは、新しい別のデザインに取り替えられた。自分の匂いをつけた大切な場所だったのだろうに。物言わぬミーミーの気持ちを、いつも何もわかっていない。

第14章　通院

二〇〇九年の秋に、チャイの定期的な通院が始まった。ある程度の年齢を迎えた猫には少なくない、腎臓の病気が見つかったからだ。チャイはもう、十五歳になっていた。

少し前からやたらと水を飲みたがり、私たちのコップに残った水を見つけても、口先を押し入れ水音を立てて飲み干そうとした。

尿の量もずいぶん増えた。何かおかしいとは思っていたが、急激に元気がなくなった。続けてもどして食べ物を受けつけなくなり、私が慌てて好物の鮭を焼いても動こうともしない。夫婦のベッドの隅から降りようとせず、誰にも触れられたくないかのようにじっと身を丸めている。呼吸も荒い。

夜になるといつも通り娘のベッドの下までよろよろ行ったのだが、見上げているばかりだったようだ。

「チャイ、飛び上がれないみたいだよ」

娘は自分の部屋に、憧れだったロフトベッドを入れた。高さは二メートル近くあり、階段をのぼって、ベッドであるが、チャイは飛んで上がることができていた。だが急に階段すら上ってこられないチャイの様子を見て、心配そうに伝えてきた。

翌朝、すぐに病院へ連れていくと、いつもの獣医さんが首を傾げた。

〈点滴、又は入院、

皮下補液3日、

維持、腎臓食、吸着剤〉

そのときもらった検査表の裏には、先生の律儀な字でそう書かれてある。

背中がたぷたぷになるまで点滴で栄養分を補液してもらい、薬と腎臓食のパウチをもらって、帰宅した。

点滴は、コップ一杯分くらいの薬剤を背中に一気に落としてもらった。

「大丈夫なんでしょうか」

訊ねてみると、

「ここからゆっくり全身に回るので、大丈夫ですよ」

先生の静かな声は、いつも心に染みる。

腎臓の機能が低下しているのだが、人間のように毎日人工透析するのは現実的ではない。折りを見て点滴し、後は様子を見るしかない。

「一、二週間に一度、無理のない範囲で来ていただいて点滴しましょう」

次の言葉までは、少し間があった。

「平均すると、腎臓を患うと、もって一年くらいと考えた方がいいかもしれません」

先生の言葉に、顔を上げられなくなってしまった。

チャイは帰り道に、キャリーバッグの中にまたおもらしをした。

次の回も、また次の回も、今度は病院へ向かう道でも、診察台の上でもおもらしするようになった。いかにたくさん水を飲んでいるかがわかり、自宅では粗相をしないチャイに感心した。

先生がある「平均」を口にはされたが、チャイはそう簡単にはまいらなかった。点滴を三回くらい受けた頃から、しだいに前の元気を取り戻した。ベッドから床へ、日当りのいい窓辺へ、水を飲みたくてキッチンの台にまで飛び乗ってきたときには、うれしくて胸が詰まった。

そして、ある日、娘が大声で私を呼んだ。

チャイが、また娘のベッドに飛び乗れるようになったのである。

おそらく点滴がよく効いて、チャイはまた食べられるようになり、栄養を体に回せる力をつけたのだ。人工透析の代わりに自らどれだけだって水を飲んでやるという風に、風呂場の水も舌で音を立てて飲んだ。

独特の匂いのする腎臓食はまるで食べようとせず、薬も吐き出した。もとのままの餌をほしがった。

笑いを誘ってくれたのは、ミーミーの方だ。

チャイのための腎臓食を、自分も食べてみようとする。ドライフードを液体に浸したような形状、こっそり薬を混ぜておくのだが、これまで平気で食べてしまう。しまいには、通院するチャイのキャリーバッグに自分も入ってみるものだから、ある日はミーミーも一緒に診察してもらった。

ミーミーの方はどこも異常なし。チャイの体重もまた増え始め、目の輝きも蘇った。先生はそれを見て一安心し、チャイちゃんはがんばっていますね、と誉めてくれた。

翌年の秋を、私たちは引越した先の新しいマンションで迎えた。前にも書いた、桜並木に面したマンションだ。

チャイはカーペット敷きの部屋で、とても寛いでみえた。何しろ一番長く過ごした世田谷の部屋はカーペット敷きで、肉球も爪も腹や背中の骨組みも、その柔らかい感触を覚えていたはずだ。起毛したベージュのカーペットに爪を引っかけ、爪を研ぎ、楽しそうにミーミーと追いかけっこを始め、疲れるとごろんと体を横たえる。どこで寝たって柔らかい、その感触を気に入っているのがわかる。

フローリングの床では、掃除しているつもりでも毎日猫たちの毛が舞うようで困っていたが、カーペットの床では馴染んでしまう。毛の舞わない部屋に、私たちの心も和んだ。

先生がおっしゃっていた平均時間が、私の中では砂時計のようにさらさらと音を立てていたが、一年は平穏に過ぎ、チャイはなんなくその時期を飛び越えてくれた。

やっぱり気にすることなんてなかったんだ。チャイは大丈夫と自分に言い聞かせた。

毎日大量の水を飲むので、水の受け皿を増やした。家族のコップに水が残っているとそれがいかにもおいしそうに見えるらしくて、隙あらば顔を入れてしまう。

「チャイ、だめでしょう」

娘の叱り方は、いかにも優しい。

私はもう叱るのを、やめてしまった。元々躾(しつけ)が苦手だったたし、元気でいてくれたら何をしたっていいと思った。狭い部屋の中で、最大限の猫らしい自由を満喫したらいい。好きなところで転がって爪を研ぎ、よく水を飲んで食べてくれたらいい。どれだけだって、好きなだけ水を飲ましてやりたい。だから朝起きると、風呂場の桶にも水を張る。チャイはそこでも、音を立てて飲む。飲み過ぎると、そのままもどしてしまう。

カーペットの床なのでこれはなかなか厄介で、私たちはスチームモップという、鮮やかなカナリヤ色の掃除道具を買った。

チャイが吐いたら、すぐに蒸気を押しつけて汚れを取る。日に二度、三度となると、私も目が回る。締め切りが迫っているときに限って、チャイの胸元が引きつったような嗚咽の音が部屋のどこかから響いてくる。

今度はどこだい、という具合にカナリヤ隊が出動になる。夫も、これはよく手伝ってくれる。下手をすると蒸気で火傷をするので、「貸してみ」と言ってやってくれるだけで、日頃のちょっとした恨み節も解けていく感じがする。恨み節……、いや、ないはずなのですけどね。

調子に波はある。

よく食べる日と、うまく受けつけない日。

日なたぼっこ

ペットフードを高齢用にしたり、鮭を焼いたり。鮭も食べない日があると危険信号だが、チャイの生命力には意志を感じる。

生き物の生命力とは、持って生まれた力だと私は思う。

追分という田舎町にいた父方の祖父母は、どちらも自力で長生きした。祖母は毎朝庭先で椿油で髪を梳いて、髪の毛は晩年まで黒々していた。祖父は山菜やきのこを採って、歯もないのに薄いとんかつを食べた。

祖母は最後は糖尿病から痴呆も患い、水をたくさん飲みたがった。

チャイが水を飲んでいる姿を見ると、よく祖母を思い出す。

チャイは本当に力が出ない日には、一日部屋の片隅でじっとしている。そんなときミーミーは、そばにはまったく近寄らない。自分は部屋の別の場所を見つけて、昼寝をしている。猫同士、何かしら気配を感じとって過ごしている。

近寄らないようにしているのに、二匹はそんなときこそ寄り添って見えるのが私には不思議だった。その頃から、二匹は本当の姉妹のようだと感じるようになった。

具合がよくないくせに、チャイはまたぬいぐるみの世話を再開し、腎臓病になってからは、水の受け皿にも子どもたちをよく連れていくようになった。自分と同じように、我が子らにも水を飲ませようとしているらしい。しかし私が見つけるのは、受け皿に頭を突っ込まれて溺れているかのような、ぬいぐるみの姿となる。今日は耳の垂れた犬、翌日はクマの編みぐるみという具合で、これをびしょびしょのまま連れ歩くので、私には、ぬいぐるみを洗って干す、というもう一つの小さな仕事も増えた。

調子が戻ると、チャイは子どもの頃と同じように瞳を輝かせて甘えてくる。私の動線上で待ち伏せしていて、いきなりごろんと体を横たえる。猫の顔は、真ん中にすべてのパーツが集まったように愛くるしく、チャイの瞳は緑を帯びて、毛には張りがある。少しぽたっと肉のついたお腹にも、ヒョウ柄の毛が自慢げにそよそよしている。先端が鎌状態に動く前脚を丸めて、空(くう)を揉むような動作をし、尾をパタンパタンと振り愛敬をこぼす。こんなよくできた、神様の創造物はあるだろうか。

にゃんてかわゆいんでしょう。

あごしろちゃいちゃん。

以前私はその手の声は一切、発しなかった。

一応、娘にもそういう呼びかけをしないと、自分で禁じてきた。けれど私はおばあちゃんになってしまったのか、今は誰にも聞かせられない呼びかけをして、猫を抱き上げて、その柔らかいお腹に自分の顔を埋める。

チャイと遊んでいるとミーミーが寄ってきたり、ミーミーにやっているとチャイが寄ってきたりして、どちらにも「にゃん」のつく言葉を連発して、私からの親愛を伝える。

窓からはよく陽光が差し込み、猫らは体の調子もよく、甘えてくる。私は素顔にジーンズ姿で一日家にいられる。夫も朗らかに仕事へ行き、娘も元気に学校へ行った。家には猫らと私だけの静かな午後だ。数えてみると月に一日、二日くらいしかないかもしれない、そんな日。けれど、そういう日は言いようのない充実感を、猫らからもらう。猫と人は別の生き物なのに、触れ合ってつながっている。互いに支え合って、寄り添っている。とても確かなつながりを感じる。

私の親愛のディスプレイはしだいにエスカレートし、肉球を噛んだり、指の一本ずつのつけ根の辺りをごりごりしたり、耳の穴に鼻先を突っ込んだりし始めると、さすがに同種族でもないしと、不機嫌そうに顔に皺を寄せ逃げていく。

逃げていきながら二匹は追いかけっこを始める。その身体能力の素晴らしさ。猫をこんなにずっと好きでいられるのは、どうしてだろう。

恋愛なら、こんなに熱烈な時期はそう長続きはしないだろうに。子どもに対して湧き出す愛情とも、どこか違っている。無責任だからなのかな。将来の希望を託したり、そのための教育を考える必要もない。若くても、年をとっても猫は猫らしい。互いに一緒にいて気持ちがよければそれでいい。人と人の関係も、そうであれたらいいのにと、詮ない考えに堂々巡りする。

チャイはその翌春、再び調子を崩した。

春から急に、咳をし始めた。

咳なのか、くしゃみなのか、はじめ私には判断がつかなかった。いや、くしゃみとは違うから咳なのだとは半分わかっていたが、インターネットで調べてみると、猫の咳には恐ろしい肺や心臓の疾患、がんまで疑われ、どうしてもすぐには認められなかった。

はじめは朝方続けて咳き込むくらいだった。助けを求めて訴えているのか、私の耳元にやって来て咳をする。それがだんだん、日に何度にもなり、咳が続くと体中が波打って見えた。チャイはまたそれで疲れるのか、食が細くなり、食べても吐くようになった。

「くしゃみじゃなくて、咳だよ」

私に目を覚ますようにはっきりとそう言ってくれたのは、九歳に成長した娘だった。

先だって猫を見送ったばかりの友人は、「咳っていうのはやっぱり心配ね」と、メールしてくれた。

前のときより病院へ行くのがずっと気が重かった。重い病名を言われたら、どう判断しようか。十六歳になるチャイに、全身麻酔で手術を受けさせるのかどうかも、決められない。

「どうでしょう?」

先生はチャイのレントゲン写真を撮り、その写真を見せてくれた。

「喘息です。薬である程度は抑えられると思いますよ」

「喘息……、ああ、そうだったのか。すみません、だったらもっと早く連れてきてやればよかった」

私はふがいなく思いながら、続けた。

「悪い病気なんじゃないかと思って、怖くて来られませんでした」

先生は清々しく微笑んで、こう言って下さった。

「そういう方もいますよ」

医療に携わる先生方のひと言は、いつも胸に染みる。私はそうした言葉を、自分の引き出しに少しずつしまっていきたいと思う。言葉が人の心に寄りそってくれる。

先生の言葉には支えられたが、ここからは格闘が始まった。何しろチャイはまったく薬を飲もうとしないのだ。点滴をしてもらうとしばらくはいいのだが、やがてまた朝方の咳が始まる。一度始まると、肺が大きく律動するかのように体が脈打ち、またこんこん、こんこんと苦しそうに続く。

今度ばかりは必ず薬を飲ませなくてはいけないのだと自分に言い聞かせて、チャイを膝に載せて口を開く。

白い猫と暮らしていた友人は、あまりに薬を嫌がる猫を前に困り果てて涙した。口を開けさせ、薬を入れてもぷいと吐き出してしまう。口を閉じても、また吐き出す。

彼女は急に思いついた。

「口を閉じた状態で鼻先を舐めてやるのよ。そうしたら、自分の舌だと間違えて、飲み込むの。苦肉の策よ」

それを思い出してやってみても、チャイにはまるで効果がなかった。しかも薬は、一日二回、毎回三錠だ。おそらく抗生剤である一粒は、人間の私の目にもなかなかな大きさで、舐めてみるとかなり苦い。

連日、チャイと私の追いかけっこが始まったのを見かねて、また夫が手伝ってくれるようになった。私が口を押さえていると、彼は爪の上に薬を載せて、チャイの喉の奥めがけて、ぱちんと弾く。チャイは目をぱちくりさせながら飲み込む。これを繰り返す。

「ほら、飲めたろう」

夫は得意気なのだが、私は自分が病気になってもこうされるのかもしれないと思い、手放しには喜べない。私自身が子どもの頃から薬が大嫌いだった。なのに扁桃腺炎の持病があり、よく高熱を出したものだから、母はそのつどあれこれ手を尽くし、甘いお砂糖に混ぜたりいちごに隠したりとしてくれたのは覚えている。つまり、なぜかチャイと私はよく似ているのである。

「そんな風に飲まされたら、きっと苦しいよ」

やってもらっておきながら不満を漏らすと、

「じゃあ、どうするんだよ」

夫は、心外だとばかりに口を尖らせる。彼は胃カメラを飲むのもまるで意に介さないくらい、太い喉の（神経がとまでは言わない）持ち主なのである。

しかし、夫のパチン作戦にもチャイは頭を使い抵抗するようになった。パチンと弾かれた薬を、喉をきゅっと絞めて止めてしまう。それでぺっと吐き出す。

「あったまいいー」

やけに感心してしまった私である。

夫はだったらとばかりに、その瞬間に口を押さえるようになった。するとチャイは、苦い薬を泡（あぶく）にして吐き出した。これはだめだ。どうしたらよいのだろう。ミーミーまで心配そうに、尾を立てて様子を見に近づいてくるようになった。いよいよ困り果てていたら、ここでも隠れた手腕を発揮したのが、娘だった。小さな手で薬をつまむと、喉の奥に向かって、ぽんと放る。

チャイは、わりと自然にこれを飲み込んだ。

一錠、二錠、三錠と続けざまに成功した日には、私はずいぶんと娘に感心した。

すると夫は、「もっと他にも感心してほしいことはあるよな」

この期に及んで、向こうも日々の不平を鳴らしてくる。

騙しだまし、とにかくあれこれ手を変え品を変えてチャイには薬を飲ませ続けたが、誰にもよいことはなかった。みんな手や足に爪で引っ掻かれた跡ができた。チャイだって引っ掻きたいわけではなくて追い込まれた状況の中で、火事場の馬鹿力を発揮せざるも得なかったのだ。体が弱っているというのに。

動物の身体能力は計り知れない。

一度幼い子どもたち向けに監訳にあたったシートンの『おかしな子グマ、ジョニー』にも印象的なシーンがある。ジョニーの母グマと出くわし子猫を守ろうと激昂した母猫が、全身を逆立て、大声を出し爪を向ける。クマの方が圧倒的に大きくて強いはずが、母猫の勢いに負けてばんざいしてしまう、という不思議な描写だ。

シートンには、実は驚くほど脚色がない。たぶん、これも実際にあった出来事なのだ。

ソファの中から連れ出されたミーミーも、爆発したような興奮状態に陥ったし、薬を飲まされそうになったチャイも、突然爪と牙を出した。

よほど薬が嫌だったに違いない。なのに効果はあまり現れず、咳はひどくなっていくのがわかった。

先生が何度か薬の種類を変えてくれ、なぜ急に喘息になったかについても一緒に考えて下さった。環境で一番変わったと言えば、フローリングがカーペットになった点だ。

うれしそうに見えたのに、カーペットがいけなかったろうか。

そこからは毎朝、すべての部屋の窓を開けて、隅々掃除に取り組んだ。

一体どうなってしまうものかと案じたが、先生が最後の手で、迷っていた強い薬を注射して下さった。

「このまま効く場合もありますし、効かない場合も、三ヶ月で切れる場合もあります。今日これからの様子は少しよく見ていてあげて下さい」

これが覿面(てきめん)に効いた。

チャイの咳はぴたっと、不思議なくらい止まってくれたのだ。

秋の風は猫らにとって心地よいらしく、窓を開けるとそばへ寄って目を瞑(つむ)り、花々の甘い匂いを嗅ぎとっているかのようだ。

原稿を書いている今は、チャイは娘のベッドで、ミーミーは夫がテレビを見ている横で、ソファに座ってまだ起きている。それぞれの時間が、一つの家の中で同時に刻まれていく。

どうかずっとこのままで、そう思うと呼吸さえもが静かになった。

第15章　あるがままの優雅さ

この頃ミーミーは、甘えん坊だ。

あんなに怖がっていた娘のことも、少し受け入れるようになったらしい。

早朝、まだ夜が明けきらないうちに始まる我が家の朝食の席に、自分もちょこんと顔を出す。

娘の席、私の席、そしてミーミーの席。

夫はまだ寝ているから、私たちはなるべく静かな声で話す。

娘がトーストを食べる横で、私はコーヒーを飲みながら新聞を読んでいる。ミーミーは、何を思ってもう一つの椅子に座っているのだろう。そっと前脚を出して、私の膝に触れたりする。

「いいなー」と、横目で見ながら、娘は言う。

確かにいいよね、と私は思う。猫の前脚は軽く、柔らかい肉球がとんと当たるときの、この生き物の愛らしさは格別だ。

ただ触れるだけで、ミーミーは何を伝えようとしているのだろう。ミーミーは心細いのかもしれないとも、ふと思う。チャイが、寝てばかりいるから。

ただ退屈だという想像もできる。

けれど、私も心細い。

チャイは、いい日が続けば時々調子を落とす。

人間だって同じだ。いろいろな日があるではないかと自分に言い聞かせるが、少しずつ寝てばかりいる日が多くなっているのを、ミーミーが朝になるとそうやって伝えてくる。

この秋は、見事なサンマが買い物へ行くつどよく目についた。郷里の北海道産と書かれたそのサンマはあまりにおいしそうだったので、家族の分を買い帰った。

焼き始めるとすぐに、懐かしいチャイの気配を感じた。レンジフードの小窓をじっと見上げて、小さく声をあげる。

起きてきたんだね。

家族で食卓につく。チャイが空いている椅子に座る。私はテーブルに、ほぐしたサンマの身を置いてしまう。

そんなことしちゃだめでしょう、と夫も言わなくなった。サンマを食べようとしているチャイが、みんなにとって何より愛おしいからだ。

「私もあげる」と、娘が言う。

もしかしたら、チャイはサンマの半身くらいは食べてしまったかもしれない。まだ熱いのに、はふはふ、漏れ出る息の音をさせながら真剣に食べた。

塩がきつかったかもしれない。翌日には、何を食べても戻してしまい、水も飲まなくなり、ぐったりしていた。よりによって獣医の先生がお休みの日で、心配な気持ちでひと晩を過ごした。たまたま夫が早く就寝する日だった。チャイは、娘のベッドへは上がれずに、高さの低い我々のベッドによろよろと上がってきた。寝ている夫の顔の横にぺたっと張りつくと、身を丸くして眠り始めた。

夫は、寝息というよりも鼾をかき始めたというのに、チャイはその音にすら安心するかのように寝ていた。

朝になると、いつものように舌で水音を立て、水を飲み始めた。そして、トレイに用意してあったウェットフードを少し食べた。

また眠り、夕方にはもう少し食べた。

高齢の猫用のキャットフードは、とろとろっとしていて魚の身がほとんど原型をとどめていない。味付けもなく、消化がしやすいのかもしれない。けれど、時には焼きたての肉や魚を食べたくなるチャイの気力を、私は認める。すごいよ。

そんな風に山あり谷ありを繰り返しながら、チャイは調子のいい日は窓辺で太陽を浴びて、ゆっくり暮らしている。


猫は人間より早く成長して大人になり、老いを迎える。

はじめは小さな生き物。柔らかくて、すばしっこい。そこから成長の段階はただ頼もしいばかりで、猫の体の中で命がそんなに早く燃えているとは気づけずにいた。

ある日、おもちゃで遊ばなくなった頃から、チャイは年をとったのだと気づかされた。顔に皺が寄るわけでもシミができるわけでもなくて、ただ動きがゆっくりとしてきただけだ。性格は温厚になり、けれど時々ひがみっぽさを見せる。私たちだけおいしいものを食べていると、恨みがましい目でじっと見ている。

長年の友人はデザイナーで、我が家を訪れるたびに、チャイの毛が白くなってきたと言うのだが、私にはわからない。ただそんな友人に対しても、以前の人見知りは忘れたかのように、よく甘えるようになった。人恋しい季節であるかのように、いろいろな見知らぬ人にまで甘える。

そういうの、いい人生ならぬ猫生なんじゃないのと私は思う。だんだん温厚になって、人好きになるなんて。

「ミーミーが、夜中に遊ぶんだよ」

それに気づいたのは、夫の方だった。彼は趣味でしょっちゅう模様替えをする。元々インテリアの勉強をしていたこともあり、時折私には別に気にならない家具の配置が気になって仕方がなくなるらしい。

夜中に一人で家具を動かした形跡もあれば、お得意なのは鉄製のマイメジャーを引き出しから抜いて、どこかの角に引っかけて伸ばし、A地点からB地点までの距離を測る技だ。カタログを広げて、そのサイズにぴったりの家具へとあれこれ思いを巡らしながらビールを飲んでいたりする。私にはまるで想像のつかない余暇の過ごし方である。

そのメジャーが、測り終えるとしゅるしゅるっと音を立てて元の通りに戻っていくのはご想像いただけるだろうか。

ミーミーは、それが大層気に入っているようだ。

メジャーの音が鳴ると、部屋の隅で身を伏せて戦闘態勢に入る。がちゃがちゃっと長い生き物のように床を這うときが、一番たまらないらしく、そっと前脚をかける。温もりのない鉄の感触も、ミーミーには面白いのか、右へ左へとパンチを食らわせる。

夫ははじめ、ミーミーが遊んでいるとは気づかなかった。彼はそのくらい夢中でカタログのページをめくっていた。

けれどあるときふと、視線を感じた。あまりに真剣なミーミーの表情におかしくなった。

カタログを閉じた彼は、それもまた退屈しのぎになると思ったらしい。ソファの裏側、隅の方へメジャーの端を送ってがちゃがちゃ揺らしてみる。追いかけてくる。反対へやってみる。ミーミーは慌てて体勢を変える。

「結構、長く遊んだよ」

と、翌朝教えてくれた。

夜中は夫に遊んでもらい、朝は食卓テーブルに顔を出す。私が娘を駅まで送りにいって、帰ってソファでひと休みしていると、膝から胸へと体を寄せてくる。

ミーミー、可愛すぎるミーミーちゃん。

やわらかミーミーちゃん。

私はまた何語とも言えない言葉を連打して、自分の中に沸き上がる興奮状態をぶつける。

たぶん、自分が猫なら喉がごろごろ鳴っているに違いない。

やがてゆっくりチャイも近づいてくる。

歩いてくるだけで、大先輩の貫禄がある。

それをやるなら、私なんだけど。

まるでそう言っているみたいに迫力のある目付きで、権勢を振るう。ミーミーは私から降りかけ、去り際にチャイの毛を舐めたりする。

チャイ、顎白猫ちゃん、元気だったの?

なぜ体の特徴をわざわざ言葉にしたくなるのだろう。私はまた、でれでれと親愛の情を伝える。

面白いのは猫はこんなときに、決してうれしそうには見えないところだ。どちらの猫も、私が感極まると、ひじょうに迷惑そうな怪訝な顔をする。それで仕方なさそうに、私の肌を舐めて毛繕いをしてくれる。

大げさなのよね、この人って。

たぶん、そんな風にでも悪態をついているように見える。目を細めたそのぶちゃっとした顔が、またたまらなく愛おしい。

猫への愛おしさは、理屈がつかない。ただ、どんな風にでも温もりを伝えてほしい。子猫でも年をとっても、親愛の対象だ。チャイはもう、人間で言うなら私の母より高齢だろうに、その柔らかくて丸い体を私に抱きかかえられ、頰ずりされてしまう。

先日、なんとも美しい女友達と食事をとった。髪の毛も肌も同じ世代とは思えないほど艶やかだ。髪の毛には、高級なシャンプーや美容液、肌の手入れにももちろん手間暇を惜しまず毎週クリニックへ通っている。改めて、アンチエイジングにはどのようなことが必要なのかを訊いて、自分には無理だなとため息をついた。でも、少しは何かしなくてはと、遅ればせながらも方策を探り始めたこの頃なのだが。

彼女は最近、新しい猫を飼い始めたそうだ。被災地からの猫。その前に逝ってしまった猫を看取ったときには、最期はずっと付きっきりだったと話してくれた。「誰にも会えないくらい、髪も肌もすごくなっちゃった」と話してくれた。チャイの咳を心配してくれたのも、彼女だった。

猫の可愛さとはどこからくるのだろうかという話になった。

どちらも子どもを持つ身だが、子どもとは違う猫の愛らしさを知っている。

「責任がないからかな。躾(しつけ)も教育もいらないから?」

私は思い浮かんだことを口にしながら、本当は人間だってそうなのではないかと感じていた。

躾をしないと人間の子どもは這いつくばって歩き、両手でかき込むように手でものを食べるのだろうか。部屋のあちらこちらで糞尿をまき散らすのだろうか。そんな時期もあるかもしれないが、たぶんじきに手本になる人を見つけて模倣を始めるだろう。がみがみ叱られたり教育されたりしなくても、人の行動を継承していくだろう。

猫から教わることは、たくさんある。

外にいる子猫たちは、塀をよじ登るのも、塀の上を伝い歩きするのも、勇敢な順に挑戦し始める。まるで、体に受けとった生き物としての記憶を発揮しているように。いつしか優雅に尾を立てて歩き、人の住まいに入り込むと、同居人である人に愛される術を覚える。言葉も使わずに、空腹や退屈を、そして心細さまで伝えてくる。

ただあるがままにいて、愛される。人前で平気で尻を舐めたり、後ろ脚をあげて毛繕いをしても、下品な生き物だと嫌われたり、無学を笑われたりもしない。野性味溢れる直感的な生き物の魅力を、夜になると妖しく光る目の輝きで伝えてくる。

娘は、そんな猫のありようがつくづく羨ましいらしく、ある日、学校から帰ってこう言った。

「チャイはいいな。好きなだけ寝て、私のぬいぐるみも盗み放題だもん」

チャイは、娘のベッドに新しいぬいぐるみを見つけると、すぐにまた自分の子どもにしてしまう。それにしても、盗み放題がそんなに羨ましいのかと、私は笑ってしまった。

みんな、好きなようにしたらいいと思う。本当は娘にも、心底そう言ってやりたい。好きなようにするとは、きっと自分自身の精一杯を生きるということなのだ。

チャイも精一杯、生きているよ。寝ている息が少し荒い日もあれば、あまりに長く眠っているから、寝言を言う日もある。

髭をぴくぴくさせて痙攣しているように見えるときも、熟睡して夢を見ているのだそうだ。たぶん、夢の中で元気に走り回っているのかもしれない。

何とか起きて水を飲んで食事をして、糞をする。トイレにころんとしたものが見つかると、私はほっとして片付ける。猫のは全然嫌じゃない。

娘のベッドからぬいぐるみを盗むような日は、チャイにいまだ若々しい気力が漲（みなぎ）っている証拠だ。まだ子育てしようとしているのだから。

ミーミーだって、チャイやみんなの様子を、いつも気配で察している。言葉のいらない、気配で感じ合う空気を、猫は運んでくれる。

二匹は縁があって、我が家にやって来た。どちらも信じられないほどの温もりを、家族にくれる。

たった一つずつの命が、こんなにも鮮やかだ。

どこで生まれたかさえわからないのに、あるがままの優雅さで、なんて素敵な猫たち。

〈朝が来て
花を摘む君がいて、僕は知る
夜が来て
たきぎ焚く僕がいて
君は知る　二人の場所を

さあ、おいで
僕の膝へと
聞こえるよ　君の声

囁く甘い声

風そよぎ
陽が降りて
二人の場所へと届くよ
不思議さ

僕のため
僕は君だけに

僕らの家は、とてもとても素敵な家
二匹の猫が、庭を歩く
過ぎた日々を連れて
今はすべて優しく

僕らの家は、とてもとても素敵だ

二匹の猫が、庭を歩く
たきぎ焚く僕の横で
君は今日摘んだ花を飾る〉

若いときに、自分でレコーディングするのに訳したCSN&Yの「OUR HOUSE」の歌詞を書き留めたノートが出てきた。

猫たちは、この世にそんな優しさがあることを、こんな自分勝手な私にも、信じさせてくれる。

二匹で寄り添う

第16章　最後の夏

いつものように、東京は三十度を下る日のない蒸し暑い夏を迎えていた。

二〇一五年、チャイにとっての最後の夏、チャイと私にとっても、チャイとミーミーや、私たち家族にとっても最後の夏を迎えようとしていた。

チャイは二十二歳、ミーミーは十歳違いで十二歳、どちらも本当の誕生日はわからないけれど、家族は毎年決まった日に猫たちが一年ずつ重ねる歳を数えていた。

二十二歳ってすごくないですか？　長生きですね、とか、猫の好きな人たちにもよく驚かれた。

確かにチャイの体重は少しずつ減っていっており、一番多い時には四・五キロあったが三キロぐらいに。前歯のうち一本はいつしか抜けて、部屋の床で見つかっていた。

だがチャイはずっと愛らしかった。毛はふっくらとして、丸い瞳の輝きは失われていない。大きな耳は先までがピンと立っていた。眠るときには相変わらず私の顔のすぐ横へきて、横尻を頰にあてる。ときにはいびきをかく。

昼間仕事をしているときには、革張りの椅子の背との隙間が気に入っていて、窮屈だろうに丸まって寝ているのが定番になった。私の大きなお尻が温かかったろうか。

食べられるものは、そのつど変わった。長い間、「高齢用」なんて書かれたものは買わないでいたが、だんだん、少しずつ、それがチャイにもよいのだろうと受け入れられるようになっていった。なんでもいいから食べてほしくて、様々なキャットフード、かつおぶし、さばぶし、ほたて缶、ある日はコンビニエンス・ストアに売っているフライドチキンが美味しそうに見えて、外側をすべてはがしてやると、喉を鳴らして食べた。廊下にフードトレイを四つも五つも並べて、夫に笑われた。

波はあったが、私たちが朝目覚めてから夜眠るまでの間、チャイは自分の足で歩き、心地よい場所に移動して、必要なものを役割であるかのように全身で食べて、小刻みに眠り、そんなすべての間に私との意思の疎通がはっきりあった。今まで以上に、何も言わずに言葉も使わずに、自分の様子を伝えてきていた気がする。だから大丈夫だよって、そんなに心配しないでいいよって伝えてくるかのように。

最後の夏。

そう書いたのには、理由がある。

私たち家族は、二〇〇七年、娘が六歳のときに、函館に小さな家を建てた。いっときは家族で引越しも考えたが、結局夏の仕事場として八月いっぱいをそちらで過ごすようになって十年以上が経っていた。

猫を置いていくんですかとよく驚かれた。いろいろな意味で、不快な顔をする人もあった。しかし、それが、私たち家族が見つけた按配のいい必要な過ごし方だった。函館での時間はゆっくり流れ、毎朝、毎晩家族が揃う貴重な時間になっていた。

信頼できるペットシッターさんも見つかって、品川の家には朝と夕の二回通ってもらう。猫たちの様子を、シッターさんが無料のラインメールで送ってくれる。時には動画が送られきて、シッターさんの靴を抱えるチャイの姿や、おもちゃで遊ぶミーミーの案外くつろいだ姿に、函館では様々な感想が漏れた。

「ミーミーってそういう猫だったんだ」

など、もちろん安堵と愛着を込めて。

はじめは家族がのんびり過ごすための函館住まいだったが、いつしか私はそちらでもいろいろな役割をもらい、二〇一五年のその夏も、朗読会やサイン会などの約束を幾つかしてあった。

七月のはじめまで、チャイの調子はなんとか平静で、シッターさんとの打ち合わせも済ませてあった。何かあったときのための病院の資料も、休院日が曜日ごとにわかるように置いて、その年も猫らのひと月の留守を頼むつもりだった。

チャイが腎臓病を患い、持ってあと一年と告げられてから、驚くことに六年は経っていた。チャイはそれから何度か脱水のような症状になったり、なぜかまっすぐに歩行のできないふらつきの症状が出たり、歯茎が腫れたり、いろいろあったが、一つずつ乗り越えては、また元気を取り戻してきた。

その頃、年に一回、ペンクラブの役割で私は講演旅行に出ていた。一泊二日、同行してくれていたペンの事務局の方は大ベテランで、様々な作家を看取って、また川端康成さんの通帳も預かっていた、という方だ。作家たちが頼るのもよくわかる。そばにいるだけで安心する方なのだ。彼女は、早くにお母様を亡くし、その後お父様を亡くし、お父様の再婚相手である義理のお母様と二人暮らしをしていた。うまく言えないが、その生活を愛していた。

泊まりがけの講演旅行に随行していただくのは申し訳ないと思いながら、結局何度旅したろうか。旅先でお義母さんの話を聞いたり、かつての大作家たちとの思い出をうかがうのを楽しみにしていた。

お義母さんは、何度かの入院、手術、退院を繰り返していた。

「大丈夫です。また今回も不死鳥のように蘇ってくれると思うんですよ」

そうおっしゃる言葉を、私はそのままチャイにも当てはめていた気がする。猫なのに不死鳥っておかしいけど。それに美空ひばりさんが頭に鳥の羽をつけて唄ったステージの様子を何かで見た気がして、チャイにもまた当てはめてみる。大丈夫、不死猫なんだ、と。

七月の最後の週になって、いよいよ函館に送る荷造りをはじめた。向こうで書く仕事の資料、娘は宿題のセット、夫の荷物はいつも少ない。向こうではビーサンに短パン姿でずっと過ごしている。

そういう長旅の準備をしていると、チャイは若い頃にはよく、知恵を使って邪魔をした。トランクの中に入り込んだり、時には例の落し物をすることもあった。

やがて、やっても無駄だと思ったのか、遠くから、恨めしそうに横目で眺めているようになった。荷物の大きさで、何日くらいかな、またその季節がきたのかな、と思っていたかもしれない。

だがその年の七月は、荷造りをしている最中にチャイの様子が急におかしくなった。突然、椅子にも上がれなくなり、机の下で丸まっている。食事も取ろうとしない。荷造りを横目で見るどころか、瞳の輝きが薄れていった。

何か嫌な予感がして、夫と私はすぐに動物病院へ連れていった。

いつもの点滴をしてもらっている間もじっとしている。

点滴は毎日した方がよい状態だと先生は言う。夫がやり方を教わって、点滴薬をまとめて購入した。案外太い針を背中に刺す。

またキャットフードを食べようとしないのだと伝えると、先生が犬猫兼用のＡＤ缶というペースト状の缶詰を紹介してくれた。先生がそれをレンジで少し温めてきて、指先につけると、チャイは急にぱくっと口にした。

「そうか、なんかプレッシャーです」

先生のなら食べられるんだね。期待と不安を抱えたままチャイを連れて帰宅した。

いつもなら、帰ってしばらくすると元気になるのだが、今回ばかりはどうも様子が芳しくない。ＡＤ缶も、ほんの少しずつしか食べてくれないから、日に何度も温めて、適温に冷まし、指で練ってみる。

だが、様子はまるでよくならなかった。

迷っているうちに出発の日が三日前に迫り、もう一度動物病院へ行って、先生と家族で話し合いをした。

先生は、あとひと月は厳しいだろうとおっしゃった。

私たちの夏の計画を話すと、少し考え込んだ。その間病院で預かることもできるが、ひと月の間にどうなるかはわからないですね、と静かに告げられた。

せめて函館行きの日程を変えられたらよいのだが、着いたその日にリハーサルで、翌日は文学館での朗読会、チケットも完売、楽しみにしてくれている方々もある。だとしたら、その用事が終わったらすぐに私だけでも帰京する、というのも一案だろうか。函館には、娘の友人家族も、遊びにきてくれる約束となっていた。

だが先生が言ってくれたのは、意外な提案だった。

「連れていってはどうでしょうか」

驚いて呆然として、それから言葉の前に涙が出た。どこまで私はおめでたいのだろう。どうしていつもこうなのだろう。チャイが不死猫なはずがないではないか。チャイが迎えようとしている時期をなぜ受け入れようとしないのだろう。

「それは、向こうで最後を看取ったらどうか、ということですか？」

先生はこれまで出会った様々な生き物たちの言葉を伝えるように、微笑んだ表情だった。

「そうなるかもしれませんが、いつも通りにしたらどうでしょうか」

夫と顔を見合わせて、

「そうします」と、答えた。

飛行機を車に変えようかとか、夫と幾つかの案も出してみたが、羽田から函館までは飛行機で一時間と少し。その近さも、家を建てた理由の一つだった。北海道新幹線は、まだ走っていなかった。

「飛行機がいいと思うよ」

夫は短い時間なら、耐えるべき物事をいつも自分にすんなりと課す。

出発の前日から、よかったら、一晩預からせてほしい。点滴をしておけば、函館まではなんとか持つはずだ、と先生はおっしゃった。

どの選択をしても、やりきれなかったと思う。結局はチャイが耐えた。その一晩を病院で明かし、そんな状態で長旅に同行することになった。

急遽、ミーミーも連れていくためのキャリーバッグをもう一つ買い足して、シッターさんに詫び、点滴やAD缶を送り、その日を迎えた。

病院へ迎えにいくと、前脚に包帯を巻いたチャイが、私の顔を見て、小さな声でみゃあと鳴いた。

一緒に函館の家に行くよ。飛行機に乗るの、久しぶりだね。一時間なんて、すぐ着くからね。頼んだよ、なんとか我慢してね。あとはずっと一緒だから。

キャリーバッグの外から、そう声をかけて、空港で預かってもらった。

ミーミーはこの旅がはじめての飛行機だ。ミーミーはこんなとき案外肝が据わっていて、声もあげない。

飛行機に乗っている間中落ち着かず、心臓が早まったままだった。到着するとすぐにカウンターに迎えに行った。

チャイはよほど怖かったのか脱糞してしまったようだ。寒かったろうに。だが、しっかり四つの脚で立って、飛行機会社のケージから出して、タオルでくるんでと抱くと、またみゃあと、やはり力ない声で鳴いた。

そこからのことは、私は夫と娘にとても助けられた。

函館の家の扉を開けて、私はチャイを湯で洗い、夫と娘は猫たちのトイレや砂、フードトレイなどを買い込んで帰ってきた。

獣医の先生には、約束していた到着の電話をかけた。

「無事に着くことができました」

「あ、大丈夫だったんですね」

先生も、一緒に不安に思ってくれていたのが伝わるほど安堵の声を出された。

看取る覚悟はできていたつもりだ。チャイを振り回しているのはわかっていたけれど、一緒にこうやって生きてきたのだ。最後まで自分たちらしく共に生きよう、と。

函館の家は、港を見下ろす位置にある。函館山の中腹だ。その日の夜は、空気が澄んでいて、窓から港の明かりが幾つも揺れて見えていた。

夫のアイディアがふんだんに取り入れられた家、リビングは二階に設置し、壁一面、大きな窓で景色を切り取っている。

私が窓に面したソファに座っていると、チャイは、窓辺のカーペットの上で身を丸くしていた。驚くことに、到着するとすべて自分の力でこなした。新しいトレイでAD缶をしっかり食べ、皿の水を飲み、新しい砂のトイレにまで入った。ミーミーに、教えてあげているみたいに。今度はここだよ、大丈夫だよ、というふうに。前脚で砂を掻く元気な音がする。

そしてなんと、ソファの下で私を見上げると、隣に飛び乗ってきた。

夢を見ているみたいな気持ちになった。すっかり筋力の落ちた体の背は余計に丸くなっている。けれどかつてのように、私の横で大きな瞳を輝かせて、窓の外を眺めている。何も言わず、じっと窓の外を見つめている。函館港の明かりが揺れていたろうか。

そうか、ここにいたんだね。

チャイはまるで、私たちにそう言っているように感じられた。

いつもいなかった夏は、ここでこうして過ごしていたんだね。

まるで、チャイの中で一緒に生きてきた者への合点がいったような、そんな凛とした横顔をしていた。

そうなんだ、チャイ。こんなことなら、毎年一緒に来たらよかったね。ここに、いたんだよ。

しばらくするとミーミーは、のんきな様子で階段の細い手すりを歩き出す。


この夏、チャイは私たち家族に最高のプレゼントをくれた。涼しいのもよかったのか、日に日に体調がよくなっていった。花瓶の水までごくごくと飲み、私に予定通りの役割をこなさせてくれて、娘の友人家族にも穏やかに甘えてみせた。

函館でも、一応獣医さんにかかった。素晴らしい獣医さんだった。カルキ臭い水道水を、腎臓病の猫は好むから、カルキの飛ばない長いコップがいい。悪くなった歯は抜いておいた方がいいこと。いろいろな対処法を教え、手当を的確にこなしてくれた。

そしてなんと、品川の獣医さんとは東京の大学の獣医学部で先輩後輩の仲であることもわかった。

「学生の頃から美人で有名でしたよ。だから、僕は覚えています」

夫は毎日点滴をするための、点滴台の代わりに、壁の色と同じ白い樹木のようなコートハンガーを買ってきた。

チャイも慣れたもので、またやはり点滴されると気持ちがよかったのだろう。準備を始めると、夫のソファの横にちょこんと乗ってくるようになったのだ。

「ママ、チャイが階段を降りてる」

娘の大声で駆けつけると、チャイがゆっくり函館の階段を降りていた。そして次にはまた、うれしい声が聞こえた。今度は夫だ。

「チャイが階段を登ってきたよ」と。

そうやってまた函館の家にもたくさんの喜びをチャイは運んでくれた。函館の家の隅々に、チャイの思い出を刻んでくれたのだ。

だが何より好きだったのは、私たちと同じ、窓からの景色だった。ゆっくり明ける朝の淡い水色を、夜が更けてからの港のきらめきを、いつまでも飽くことのないかのように眺めていたのではなかったか。

八月終わり、無事に帰京。

帰りは、キャリーバッグから抜け出そうとするほど元気で、おもらしさえしなかった。

九月も十月もチャイの調子はよくて、私はまた「不死鳥」の言葉を思い出していた。チャイはこの夏も元気に乗り越えた、と親しい人たちにも、得意気に話していた気がする。

だが十一月に入ると、急にまた机の下に丸まっているようになった。なかなか食べてくれない。朝起きてから、まず真っ先に確かめるのがチャイの具合になる。

八時間、五時間、三時間と、留守にするのさえ気がかりな時間が短くなっていった。

夫が留守番をしているときにはよく、動画を送ってくれるようになった。

〈チャイ、食べてるよ〉と書いてあったり、点滴している画像が貼ってあったり、心配させないように送ってくれていたのだと思う。

大丈夫、きっとまた劇的によくなってくれるはずなのだ、そう心に言い聞かせていたような気がする。

その日は、朝から呼吸が荒かった。トイレの前に、最後の一歩が届かなかったかのように、おもらしのあとがあった。はじめてのことだった。

チャイの姿を探すと、机の下で、声をかけても顔もあげない。

娘が登校するときに、

「チャイにも行ってきます、って言ってあげてね」、となぜか口にしたのは覚えている。

「チャイ、行ってくるよ。大丈夫かい」

と、娘はいつものように、チェックのスカートの裾を揺らして、明るく出ていったのだ。

自分の車ではなく、タクシーで膝に抱えて、病院へ連れていくことにした。そうしたらきっとまたよくなるはずだ、と。だが、タクシーに揺られると、キャリーバッグの中でも、チャイはいかにも苦しそうだった。

〈チャイは、どう?〉

〈今、治療が終わりました。肺に膿が溜まっていて、息が苦しいらしいです。膿を少し抜いて、抗生物質を打ちました〉

〈なるほど、何で膿がたまるのですか?〉

〈抵抗力が落ちて、歯に溜まった膿も体内にためてしまっているみたいです〉

〈なるほど、やはり月に一度は病院に連れていかねばダメだね〉

午前の夫とのやり取りでは、夫はそこまで悪いとは思っていなかったようだ。

そう、肺に膿が溜まっていたのが、レントゲンを撮ってわかった。簡単には抜けそうにないという。今思えば、だとすれば身動きするだけで、体の向きを変えるだけで苦しかったはずなのだ。レントゲンなんて、すべきじゃなかったろうか。

強い抗生剤を打った。

帰ろうと声をかけて、二人でまたタクシーでマンションまで戻った。

マンションの三階、玄関の上がり框でキャリーバッグから出したとたんに、チャイは悲鳴のような細くて高い、苦しそうな声をあげた。それは一度も聞いたこともない、チャイからも誰からも聞いたことのない声だった。

目はうつろで、ふらふらした足取りで、チャイはそのとき、ただひたすら逃げていこうとしていた。必死で、バスルームへと向かっていった。

そこにいるのは、もう私と過ごしたチャイではなかった。野生の猫だ。人間と過ごした猫ではなかった。

だけど、一緒に生きてきたのだから。

いかないでよ、チャイ。

最後まで私はチャイに頼り、私はたぶん、大きな声に出して言ったと思う。

頼むから、一緒にいさせてよ。そばにいて。

チャイは何度か立ち上がろうとして、だがついに、リビングのいつも日向ぼっこをしていた場所で、諦めて体を横たえた。

ひーひーと風の通るような音を出した。

私は手が震えて、夫に電話をした。

夫は神官なのだし、義父が亡くなるときにもずっと静かに手を握って対話していた。夫は私よりずっと心の優しい人だ。毎日静かにチャイに点滴をしてくれていたのだ。チャイは夫のそばでなら、心穏やかに最後のときを迎えられるのではないか。

それに夫は、そういうときにはいつもそこにいてくれる人だった。

だが夫はその日、仕事先で野田という遠い場所にいた。「できるだけ早く帰るけど、すぐには無理だな」と力なく言う。

私は通話を切ると、自分を落ち着かせるためにもCDをかけた。そして、なぜなのかいつも困ったらするように、チャイのために買って小さく切り分けておいた、塩のしていない生鮭も焼いた。

かけたのは、チョン・ミョンフンの曲だ。

実は数日前に、クラシックソムリエの方からその素晴らしいアルバムをいただいたばかりだった。そのとき彼は、一緒に暮らした犬を見送ったという話をして涙ぐんでいた。

私は愚かなことに、うちの猫はもう二十二歳なのに、不死身なのだと話していたばかりだった。

その曲を聴いていると、チャイの波動も静まった気がした。

ペンクラブの人も、実はお義母さんを見送られたばかりだった。お悔やみをお伝えすると、その際、猫ちゃんはお元気ですか？　と、訊いてくれた。

「もし、そのときがきたら、ありがとうって、伝えてあげてくださいね。あなたがいてくれてよかったって、何度だって言ってあげてくださいね」

不意にその話を思い出した。

そうだ、ありがとうってチャイに言わなくては。わかっているとは思うけど、何度だって言わなくてはと私は思った。

焼きあがった鮭を小さくほぐして、トレイにのせて横たわる前にそっと置いてみる。

荒い息遣いだけが聞こえてくる。

ぱくっと、なのにひと口だけ、チャイは鮭を口にした。口に含み、あぐあぐっとわずかに顎を動かし、また制止した。

まるでチャイの方から先に、ありがとうって言われてしまったようだった。鮭美味しかったよと言おうとしてくれたかのように。

胸が苦しそうに波打っている。私は、大好きだったチャイの額の部分に指先で触れる。触れると薄い毛の奥に骨をごりごりと感じる部分。チャイの賢い脳みそが、詰まった部分。黒猫ロックの記憶だとか、夜、月明かりの下で風にあたった気持ち良さとか、今頃は思い出しているのかな。一体、どんな風に生まれてきたんだろうね。そのときのことも、思い出しているのかな。

その額は、いっときは「兄」という文字が読めた部分。

ありがとう、チャイ、これまでずっと私のような未熟な生き物と一緒にいてくれて、感謝します。

夫からは、メールが届いた。

〈チャイ、少しは楽そう?〉

〈チャイ、危篤です。お祈りしてあげて〉

〈お祈りします〉

〈チャイ、たぶんあなたの帰りを待ってると思う〉

そんなやり取りの後に、夫はこう書いてきた。

〈永いパートナーです。二人きりで、対話すると、良いよ〉

〈いろいろ思い出しながら、存分にお話ししてください〉

いつしかCDの音は止まっていて、窓の外でも日が暮れていた。

チャイは最後の最後に、あーと長いため息のような声をあげた。あー、本当にこのときがきてしまったよ、と言っているみたいに。

目を開いたままのチャイから、体温が抜け出ていく。

私の体の中からも、何かが抜け出ていく。覚悟していたなんて、嘘だ。私はまだ全身でチャイのぬくもりを探していた。

娘が帰ってきて、夫が帰ってきて、私たちはチャイの体をチャイの好きだった毛布にくるんだ。夫が目を閉じさせてくれた。

そうだ、なぜだったろう、夜には花が幾つもあった。獣医の先生からの花や、友人たちが届けてくれた幾つかの花。チャイが死んでしまいました、と私はどうやって誰に連絡したのだろう。

花は祭壇のように夫が並べてくれて、チャイが若い頃好きだった食べ物も鮭も枕元に置いて、その晩は家族で話し合って、チャイの体を真ん中においで皆でリビングで眠った。

ミーミーはたぶんよくわかっていなくて、チャイの冷たい体の横を通り、祭壇の水とご飯を食べて、夜の間中、うろうろしていた。

涙は無意識にも、溢れ続けるものだった。朝、台所に立っても、机に座っても、そこにいるはずのチャイがいないと信じるには時間がかかって、自分の胸が押しつぶされて、涙がでる。

半月ほど経って、娘に「ママ、可哀想。顔が変わっちゃった」と言われるまで、すっかり自分を見失っていた。


チャイは最後まで立派だった。

きちんとトイレに行けなかったのは、最後の一日だけだった。ほんとうは独りきりで、最後を迎えようとしていた。

そう母に話すと、チャイの方がずっとあなたのお母さんみたいだったもの、チャイはもうずっと、あなたを悲しませたくなくて、がんばってたんだと思うよ、と不思議なことを言われた。

そんな話ばかりが続いた。

ある日、テレビの画面に映っていたとても痩せたおばあさんを見て、娘が、最後の頃のチャイみたいだね、と言ったので、私は猛然と、何を言うのかと反論した。チャイはずっと最後まで若々しかったではないか、と。

だが、確かにその頃の写真を見ると、チャイはもうずいぶんやせ細っていた。猫はやっぱり、人間を化かすんだな。私だってまだ若いわよというふりを、ずっとし続けていたいかしたチャイ。

二十二歳までしっかり生きて、旅立った命。

今は、私の本棚にいる。

比喩ではなくて、チャイの骨はそこにある。『僕らの広大なさびしさ』という、若いときに書いた本がたまたま横にあるのがおかしいね。

これからも、一緒に生きていこうと私は思っている。そう思い続けていたらいいのだ。

会いたいね、チャイ。

単行本版あとがき

チャイとミーミーは、我が家に暮らす二匹の雌猫たちである。

チャイとの暮らしは十七年を過ぎ、いつまでも子猫のような気がするミーミーとの時間も、数えてみるともう七年になった。

昔は苦手だった猫という生き物と暮らし始めて、こんなにも気持ちが変わってしまったのは、自分でも不思議で仕方がない。

猫は、疲れた人間の頑(かたく)なな心をいつしか解きほぐしてしまう。そっとそばにいて、慰めてくれる。輝く目で、長い夜を共にやり過ごしてくれる。抱き上げると、柔らかく温もりを伝え、こちらの退屈に付き合い、一緒に遊んでくれる。小さいのに野性的で、動きはしなやかだ。そして、言葉もなしに響き合う時間を信じさせてくれる。

こんなに喜びをくれる猫たちへの感謝を、そして一匹でも多くの命が誰かの手によって救われてほしいという願いを込めて本書を書いた。

チャイが元気でいてくれるうちにこの本の出版が叶ったのは、何よりの喜びである。

長きにわたって執筆を待って下さったのは、河出書房新社の太田美穂さん。二〇〇〇年に出版された『文藝別冊　作家と猫』が出会いだった。

本書の装丁には、坂川栄治さんと永井亜矢子さんがあたって下さった。私からの強い願いで、装画はあべ弘士さんに描いていただく光栄にも恵まれた。

読んで下さった皆さま、本書に登場する皆さま、引用させていただいた書籍の筆者の方々へ心よりお礼を申し上げます。

この先も、猫たちと人間とで多くの幸せが見つけられますように。

二〇一二年春　都内の自宅にて

谷村志穂

文庫版あとがき

チャイを見送ってしばらくは、ただ体の中から抜け出てしまったかに感じていた。

何かを書こうとは思えなかった。思い出さえもすり減っていく気がして。チャイの話をするのも辛くて、急に胸の中に閉じ込めるようになって、最後の夏の函館の景色からを順繰り思い出すことが多かった。

「銀座百点」という雑誌のエッセイの依頼を受けたときに、銀座の街と人を結ぶ言葉として、なぜか「ここに、いたんだね」というひと言が浮かんできた。小さいときに銀座でシャーリングのワンピースを買ってもらっていた人のもつ雰囲気、銀座のバーに通う人が身につけた雰囲気、銀座という場所がいろいろな人の持つ雰囲気の一翼を担っているように感じたからなのだが、その言葉にも、チャイとの思い出が宿っていた。

チャイと過ごした函館の夏、最後の夏が一気に立ち上ってきて、私はその八枚ほどの原稿を、チャイから書き始めていた。無心だった。

誰かと共に暮らすような包容力も生活力もなかった私が、チャイと暮らし始めた。チャイは優しい猫で、母親のように私のそばにいた。

留守番をさせたり、原稿に夢中でなかなか声すらかけられない日もあった。怖い目にあわせたこともあるし、引越しにも何度も付き合わせた。

チャイは、たぶんそのときどきの私の気持ちを全身で感じ取っていて、共に生きる者の発する気配を、自分なりに受け入れていたんだと思う。

そして、最後の夏にまた一つ腑に落ちた景色があったわけだ。あのときの横顔は忘れない。共に生きる者を理解したかのような、誇りに満ちた顔をしていた。瞳に港の明かりを写しこんで。

単行本のときと同じ、河出書房新社の太田美穂さんが、ちょうどその頃連絡をくれた。

文庫版にしませんか、という話をもらったときに、私はだったらチャイの最後まで立派だった姿を書いておきたいと思った。

単行本時の原稿への大幅な改稿は、今になって気付いたことが少なからずあったから。「最後の夏」の章を加えて、本書、文庫版となった。

装丁は前回と同じ坂川事務所の、新しく入られた鳴田小夜子さんが担当だ。装画はちょうど坂川事務所で猫の絵の展覧会に出展されていた西淑さんの小さな作品——そう、実に小さくて、温かい絵だった——の前で立ち止まってしまったのだが、一目惚れでお願いした。

解説は光栄なことに、村松友視さんがお引き受け下さった。作家として、そして猫の同志として共に暮らす者としても大先輩だ。

皆様に、そして読者の方々に心よりお礼を申し上げます。

今は、椅子の背はミーミーの定位置になった。やっぱり、窮屈そうなのに気に入っているようだ。

そして実は我が家にはもう一匹、公園で震えていた猫がやって来ています。

私は今、できるのならば、何匹の猫とでも一緒に暮らしたいと思っている。人間にとって、こんなに素敵な同志はいない。それを教えてくれたのが、チャイでした。

二〇一七年三月　　谷村志穂

解説

村松友視

　この作品の主人公である「私」は、著者と等身大でぴったりかさなる、東京のマンションにひとり住いをし、地方への取材や講演をこなすことも多い、札幌出身の女性作家である。

　その「私」が、つき合う男との関係をもふくめて、心にそこはかとない空洞がおとずれている季節の中で、ふと、猫を飼ってみようかと思い立つ。その〝切なる気持〟という感じでもない、さりげない呟きのごとき動機の語り方が、逆に宿命のけはいを伝えてくるようだ。

　翌朝、「私」は一晩で信じられぬほどに膨らんだ思いの立会人を求めるかのように友人に電話して、自分の背中を押すように、その思いを口にする。

「私」は、子猫のもらい手を探している夫婦を動物病院から紹介され、すでに体長二十センチほどに育っている（つまり、子猫というにはギリギリの成長ぶり）、きじ虎柄の雌猫をもらい受ける。これが、タイトルロールたるチャイと「私」の出会いである。

頭に浮かべた理想の子猫像とはまるでちがった……という、当のチャイには聞かせられぬ「私」の告白もまた、チャイと「私」の宿命の絆への予感をそそられる、読者への内緒ばなしだ。

ここから、猫という不思議な動物と「私」の格闘が始まってゆく、その抑揚にみちた展開が、チャイと「私」の世界へとたちまちさそい込んでくれる。猫という存在についての「私」の白いキャンバスに、チャイによって次々とめまぐるしく色がつけられてゆくのだが、まずはチャイが〝人見知り〟であると判明する。〝人見知り〟はチャイにとって、「私」と暮らす環境との折合いをつける上で、実に厄介な特性なのだ。

その〝人見知り〟のチャイと「私」が、お互いを牽制しながら馴染み合い、反発し合っては結びつく、その両者の四苦八苦ぶりが実に面白い。「私」とチャイのあいだに張られた膜が溶けたかと思うと、また新たなる膜のベールがあらわれ、いくつもの小事件が出来（しゅったい）したあげく、それが作家と猫の二人暮らしのスタイルとなってゆく。

「私」にとって未知である猫のチャイについて頭と体をつかって必死で学び、チャイもまた「私」と暮らす環境の意味をそれなりに学んでゆく。

野良の雌猫を飼うにあたって、避けて通ることのできぬ避妊手術という問題を、「私」はなりゆきの中で割り切って実行し、先へ進んでゆく。その反動で、避妊手術を受けたチャイに対して、〝雌同士〟というアングルが「私」の頭に強くきざまれる。

実は、私には公園で拾った、遊び相手から伴侶としての役をこなす雄猫のアブサンと、二十一年のあいだ時を共にしたという過去の体験がある。そのせいか、猫をテーマとした作品を読むときに、その体験をかさねてしまう癖がついているのだが、〝雌同士〟という「私」の目線と心の向け方に出会ったあたりで、その癖が嘘のように消えていることに気づいた。これは私としてはめずらしいことで、この作品の独特のじんわりとした吸引力のせいにちがいなかった。

大学時代に動物生態学を専攻した「私」は、アメリカの人類学者の著者を、猫という存在を探るための羅針盤に見立て、チャイの習性や行動や性格、あるいは野生動物としての特性を知ろうとしたりもする。だが、その理論をＤＮＡとして体内にはらむチャイの方は、無手勝流の神秘的な自然体。ひとつの謎が解明されれば、また次の謎の幕が開く。チャイは、「私」を翻弄するように自在に謎の札を取り出して、まるで逃げ水のように先へ先へと遠のき手招いて見せたりする。

「私」は、チャイの切る謎の札に翻弄されながら、そこに鋭くやわらかい作家の感性を向けて愉しむこともあるが、自分の時間にわり込むチャイの行動ぶりに、都会のマンションでの仕事までもが乱されかねぬケースも生じ、生活のペースも狂わされてしまいがちになる。ただ、「私」の特質とも言える微妙なバランス感覚がフェイルセイフ機能を発揮し、大袈裟な事態にいたらぬのもまた、この作品全体にただよう独特の空気感と呼応している。

そして、何人目かの男として、夫となる人が登場する。この人とチャイの折合いや如何に……と心配して読む私の身内気分によるのめり込みは滑稽だった。

都会でのひとり暮らしの独奏に、チャイの参加があって二重奏となり、東京と故郷である札幌との行き来や、引っ越しをするその時どきの波紋が作品にあらわれたあと、夫が加わって三重奏となり、娘が生まれて四重奏がかなでられてゆく。

猫派とは別種の個性か……と思ってやや懸念しつつ読みすすめた夫となる人だったが、夫となって時間を共にするうち、「私」やチャイとの距離の取り方や協力のぐあいが絶妙で、作家である「私」にない感性や思考回路や生活的センスが頼もしく、その夫の思いつきで持ち込まれた子猫のミーミーの闖入(ちんにゅう)を加えて五重奏にいたると、すべてのピースが奇跡のように嚙み合わされて、ジグソーパズルの比類ない絵柄が仕立あがる、といった感じだ。

　余談だが、「ねえ、やっぱりさ、入籍する?」という助手席からの「私」の問いかけに、「だろう?」という答えは絶品だ。「私」はどこか不満めかして呟いたりしているが、これは金ピカの三文字であります。

　チャイの行方不明や失踪から発見にいたるまでの、「私」の寂しさや狂おしさや乱れや放心や安堵を、軽いステップを踏む感じできざむようなシーンの描き方。あるいは出産後に乳の張る「私」に、友人が「私、一度飲んでみたいわ」と言って「私」の母乳をカップから飲み、「感動したわ」と感想を伝える……このギクリとする場面を、猫の乳房の数への思いと連繫させてゆくくだりでの、潤いを絞り切ったような文章の斬れ味などから、虚構めかした物腰とは対極にある、作家がかもし出す香りがただよってくる。

　そして、現実の時間の中においても、「私」の記憶の中においてもポツリ、ポツリと登場する「母」という存在の配置が、この作品の厚みとして重要な役を果しているはずである。

　五重奏プラス「母」……という趣きで展開していたものがたりが、ふたたび二重奏の室内楽的な旋律にもどされて、チャイと「私」だけの時間が語られてゆく。

自分に寄り添うように生きる相手がどこかにいないものだろうか……つき合っていた男に対して「ときめき」よりは空しさが募りはじめていた心もようの中で、「私」はふと、猫を頭に浮かべた。それを端緒として同居人となったチャイは、それから二十二年ものあいだ「私」の友であり、子であり、遊び相手であり、愚痴の受け皿であり、同志であり盟友であった。そんな二重奏に始まって、ふたたび切ない二重奏の旋律がかなでられてゆく。

そして、最後に、「会いたいね、チャイ」という言葉をチャイの骨に向け、著者はやはり、やわらかい作家の手さばきで、この作品に終止符を打っている。

『チャイとミーミー』を読み終えた私は、しばらく目を閉じたまま、この作品の余韻からさそい出されてくるであろう、二十一年の伴侶となってくれたわが家の猫アブサンとの思い出が、まずはどんな模様であらわれるのかをじっと待ちかまえていた——。

＊本書は二〇一二年四月、単行本として河出書房新社より刊行されました。
文庫化にあたり、大幅に改稿の上、あらたに第16章を書き下ろしました。

チャイとミーミー

二〇一七年 七 月一〇日 初版印刷
二〇一七年 七 月二〇日 初版発行

著 者 谷村志穂（たにむらしほ）
発行者 小野寺優
発行所 株式会社河出書房新社
〒一五一－〇〇五一
東京都渋谷区千駄ヶ谷二－三二－二
電話〇三－三四〇四－八六一一（編集）
〇三－三四〇四－一二〇一（営業）
http://www.kawade.co.jp/

ロゴ・表紙デザイン 粟津潔
本文フォーマット 佐々木暁
本文組版 株式会社創都
印刷・製本 中央精版印刷株式会社

Printed in Japan ISBN978-4-309-41543-7

ミーのいない朝

稲葉真弓　41394-5

“ミー、さようなら。二〇年間ありがとう。あなたと一緒に暮らせて、本当に幸せだった”。愛猫ミーとの光満ちた日々。その出逢いと別れを通し、深い絆を描く感涙のエッセイ！　巻末に未発表原稿収録。

愛別外猫雑記

笙野頼子　40775-3

猫のために都内のマンションを引き払い、千葉に家を買ったものの、そこも猫たちの安住の地でなかった。猫たちのために新しい闘いが始まる。涙と笑いで読む者の胸を熱くする愛猫奮闘記。全ての愛猫家必読！

猫のパジャマ

レイ・ブラッドベリ　中村融〔訳〕　46393-3

猫を拾った男女をめぐる極上のラブストーリー「猫のパジャマ」、初期の名作「さなぎ」他、珠玉のスケッチ、ＳＦ、奇譚など、ブラッドベリのすべてが詰まった短篇集。絶筆となったエッセイを特別収録。

猫

石田孫太郎　41457-7

幻の名著の初文庫化。該博な知識となにより愛情溢れる観察。ネコの生態のかわいらしさが余すところなく伝わり、ときに頬が緩みます。新字新仮名で読みやすく。

猫の客

平出隆　40964-1

稲妻小路の光の中に登場し、わが家を訪れるようになった隣家の猫。いとおしい訪問客との濃やかな交情。だが別れは唐突に訪れる。崩壊しつつある世界の片隅での生の軌跡を描き、木山捷平賞を受賞した傑作。

アブサン物語

村松友視　40547-6

我が人生の伴侶、愛猫アブサンに捧ぐ！　二十一歳の大往生をとげたアブサンと著者とのペットを超えた交わりを、出逢いから最期を通し、ユーモアと哀感をこめて描く感動のエッセイ。ベストセラー待望の文庫化。

帰ってきたアブサン

村松友視　40550-6

超ベストセラー『アブサン物語』の感動を再び！　愛猫アブサンの死から１年、著者の胸に去来する様々な想いを小説風に綴る感涙の作品集。表題作他、猫が登場する好篇５篇を収録。

アブサンの置土産

村松友視　40921-4

“アブサン、時には降りて来て、俺と遊んでくれていいんだぜ”。書庫に漂うアブサンの匂い、外ネコとの交流。アブサンの死から５年、著者と愛猫を結ぶ新たな出来事を綴る感動の書き下ろし！

野良猫ケンさん

村松友視　41370-9

ケンカ三昧の極道野良に、作家はこよなく魅入られていった。愛猫アブサンの死から15年。作家の庭には、外猫たちが訪れるようになった。猫たちとの交流を通し、生と老いを見据える感動のエッセイ！

『吾輩は猫である』殺人事件

奥泉光　41447-8

あの「猫」は生きていた?!　吾輩、ホームズ、ワトソン……苦沙弥先生殺害の謎を解くために猫たちの冒険が始まる。おなじみの迷亭、寒月、東風、さらには宿敵バスカビル家の狗も登場。超弩級ミステリー。

長靴をはいた猫

シャルル・ペロー　澁澤龍彥〔訳〕　片山健〔画〕　46057-4

シャルル・ペローの有名な作品「赤頭巾ちゃん」「眠れる森の美女」「親指太郎」などを、しなやかな日本語に移しかえた童話集。残酷で異様なメルヘンの世界が、独得の語り口でよみがえる。

狐狸庵動物記

遠藤周作　40845-3

満州犬・クロとの悲しい別れ、フランス留学時代の孤独をなぐさめてくれた猿……。楽しい時も悲しい時も、動物たちはつねに人生の相棒だった。狐狸庵と動物たちとの心あたたまる交流を描くエッセイ三十八篇。

巴里の空の下オムレツのにおいは流れる

石井好子 41093-7

下宿先のマダムが作ったバタたっぷりのオムレツ、レビュの仕事仲間と夜食に食べた熱々のグラティネ——一九五〇年代のパリ暮らしと思い出深い料理の数々を軽やかに歌うように綴った、料理エッセイの元祖。

東京の空の下オムレツのにおいは流れる

石井好子 41099-9

ベストセラーとなった『巴里の空の下オムレツのにおいは流れる』の姉妹篇。大切な家族や友人との食卓、旅などについて、ユーモラスに、洒落っ気たっぷりに描く。

女ひとりの巴里ぐらし

石井好子 41116-3

キャバレー文化華やかな一九五〇年代のパリ、モンマルトルで一年間主役をはった著者の自伝的エッセイ。楽屋での芸人たちの悲喜交々、下町風情の残る街での暮らしぶりを生き生きと綴る。三島由紀夫推薦。

いつも異国の空の下

石井好子 41132-3

パリを拠点にヨーロッパ各地、米国、革命前の狂騒のキューバまで——戦後の占領下に日本を飛び出し、契約書一枚で「世界を三周」、歌い歩いた八年間の移動と闘いの日々の記録。

バタをひとさじ、玉子を3コ

石井好子 41295-5

よく食べよう、よく生きよう——元祖料理エッセイ『巴里の空の下オムレツのにおいは流れる』著者の単行本未収録作を中心とした食エッセイ集。50年代パリ仕込みのエレガンス溢れる、食いしん坊必読の一冊。

私の小さなたからもの

石井好子 41343-3

使い込んだ料理道具、女らしい喜びを与えてくれるコンパクト、旅先での忘れられぬ景色、今は亡き人から貰った言葉——私たちの「たからもの」は無数にある。名手による真に上質でエレガントなエッセイ。

人生はこよなく美しく

石井好子　41440-9

人生で出会った様々な人に訊く、料理のこと、お洒落のこと、生き方について。いくつになっても学び、それを自身に生かす。真に美しくあるためのエッセンス。

貝のうた

沢村貞子　41281-8

屈指の名脇役で、名エッセイストでもあった「おていちゃん」の代表作。戦時下の弾圧、演劇組織の抑圧の中で、いかに役者の道を歩んだか、苦難と巧まざるユーモア、そして誠実。待望久しい復刊。

わたしの週末なごみ旅

岸本葉子　41168-2

著者の愛する古びたものをめぐりながら、旅や家族の記憶に分け入ったエッセイと写真の『ちょっと古びたものが好き』、柴又など、都内の楽しい週末“ゆる旅”エッセイ集、『週末ゆる散歩』の二冊を収録！

私の部屋のポプリ

熊井明子　41128-6

多くの女性に読みつがれてきた、伝説のエッセイ待望の文庫化！　夢見ることを忘れないで……と語りかける著者のまなざしは優しい。

季節のうた

佐藤雅子　41291-7

「アカシアの花のおもてなし」「ぶどうのトルテ」「わが家の年こし」……家族への愛情に溢れた料理と心づくしの家事万端で、昭和の女性たちの憧れだった著者が四季折々を描いた食のエッセイ。

表参道のヤッコさん

高橋靖子　41140-8

新しいもの、知らない空気に触れたい——普通の少女が、デヴィッド・ボウイやT・レックスも手がけた日本第一号のフリーランスのスタイリストになるまで！　六十〜七十年代のカルチャー満載。

その日の墨

篠田桃紅　41335-8

筆との出会い、墨との出会い。戦争中の疎開先での暮らしから、戦後の療養生活を経て、墨から始めて国際的抽象美術家に至る、代表作となった半生の記。

パリジェンヌ流　今を楽しむ！自分革命

ドラ・トーザン　46373-5

明日のために今日を我慢しない。常に人生を楽しみ、自分らしくある自由を愛する……そんなフランス人の生き方エッセンスをエピソード豊かに綴るエッセイ集。読むだけで気持ちが自由になり勇気が湧く一冊！

パリジェンヌのパリ20区散歩

ドラ・トーザン　46386-5

生粋パリジェンヌである著者がパリを20区ごとに案内。それぞれの区の個性や魅力を紹介。読むだけでパリジェンヌの大好きなflânerie（フラヌリ・ぶらぶら歩き）気分が味わえる！

早起きのブレックファースト

堀井和子　41234-4

一日をすっきりとはじめるための朝食、そのテーブルをひき立てる銀のポットやガラスの器、旅先での骨董ハンティング…大好きなものたちが日常を豊かな時間に変える極上のイラスト&フォトエッセイ。

アァルトの椅子と小さな家

堀井和子　41241-2

コルビュジェの家を訪ねてスイスへ。暮らしに溶け込むデザインを探して北欧へ。家庭的な味と雰囲気を求めてフランス田舎町へ——イラスト、写真も手がける人気の著者の、旅のスタイルが満載！

大人の東京散歩　「昭和」を探して

鈴木伸子　40986-3

東京のプロがこっそり教える情報がいっぱい詰まった、大人のためのお散歩ガイド。変貌著しい東京に見え隠れする昭和のにおいを探して、今日はどこへ行こう？　昭和の懐かし写真も満載。

地下鉄で「昭和」の街をゆく　大人の東京散歩

鈴木伸子　41364-8

東京のプロがこっそり教える、大人のためのお散歩ガイド第三弾。地下鉄でしか行けない都心の街を、昭和の残り香を探して歩く。都電の名残、古い路地……奥深い東京が見えてくる。

まいまいつぶろ

高峰秀子　41361-7

松竹蒲田に子役で入社、オカッパ頭で男役もこなした将来の名優は、何を思い役者人生を送ったか。生涯の傑作「浮雲」に到る、心の内を綴る半生記。

巴里ひとりある記

高峰秀子　41376-1

1951年、27歳、高峰秀子は突然パリに旅立った。女優から解放され、パリでひとり暮らし、自己を見つめる、エッセイスト誕生を告げる第一作の初文庫化。

夫婦の散歩道

津村節子　41418-8

夫・吉村昭と歩んだ五十余年。作家として妻として、喜びも悲しみも分かち合った夫婦の歳月、想い出の旅路…。人生の哀歓をたおやかに描く感動のエッセイ。巻末に「自分らしく逝った夫・吉村昭」を収録。

おなかがすく話

小林カツ代　41350-1

著者が若き日に綴った、レシピ研究、買物癖、外食とのつきあい方、移り変わる食材との対話——。食への好奇心がみずみずしくきらめく、抱腹絶倒のエッセイ四十九篇に、後日談とレシピをあらたに収録。

小林カツ代のおかず道場

小林カツ代　41484-3

著者がラジオや料理教室、講演会などで語った料理の作り方の部分を選りすぐりで文章化。「調味料はピャーとはかる」「ぬるいうちにドドドド」など、独特のカツ代節とともに送るエッセイ＆レシピ74篇。

片づける　禅の作法

枡野俊明　41406-5

物を持たず、豊かに生きる。朝の５分掃除、窓を開け心を洗う、靴を揃える、寝室は引き算…など、禅のシンプルな片づけ方を紹介。身のまわりが美しく整えば、心も、人生も整っていくのです。

やまとことば　美しい日本語を究める

河出書房新社編集部〔編〕　41395-2

漢語・外来語を取りこんで成立した現代日本語。その根幹をなす日本固有の言葉＝大和言葉を語る名編を集めた、珠玉のアンソロジー。日本人の心にひびく大和言葉の秘密を、言葉の達人たちが教えます。

手紙のことば　美しい日本語を究める

河出書房新社編集部〔編〕　41396-9

奈良時代以来、日本人は手紙を書き続けてきた。書き方から実例まで、手紙についての名編を集めた珠玉のアンソロジー。家族、友人、恋人、仕事相手……心に届く手紙の極意を、言葉の達人たちが教えます。

謎解きモナ・リザ　見方の極意　名画の理由

西岡文彦　41441-6

未完のモナ・リザの謎解きを通して、あなたも“画家の眼”になれる究極の名画鑑賞術。愛人の美少年により売り渡されていたなど驚きの新事実も満載。「たけしの新・世界七不思議大百科」でも紹介の決定版！

謎解き印象派　見方の極意　光と色彩の秘密

西岡文彦　41454-6

モネのタッチは“よだれの跡”、ルノワールの色彩は“腐敗した肉”…今や名画の代表である印象派は、なぜ当時、ヘタで下品に見えたのか？　究極の鑑賞術で印象派のすべてがわかる決定版。

謎解きゴッホ

西岡文彦　41475-1

わずか十年の画家人生で、描いた絵は二千点以上。生前に売れたのは一点のみ……当時黙殺された不遇の作品が今日なぜ名画になったのか？　画期的鑑賞術で現代絵画の創始者としてのゴッホに迫る決定版！

著訳者名の後の数字はISBNコードです。頭に「978-4-309」を付け、お近くの書店にてご注文下さい。